braumüller

ASTRID EBNER

Blaupausenwelt

Roman

braumüller

Das ist für euch.

#we are all one. Vlog. Die Verkündung

Hi Leute, hallo Welt!

Zwei attraktive Mittdreißiger in gesichtsnaher Selfieeinstellung – blonde Haare, blaue Augen, zarte Näschen, weiße Zähne, hübsches Lächeln – sitzen auf einer beigen Couch plus etwas Wohnzimmerhintergrund. Ein Bild ziert die weiße Wand, eine Kopie von Jackson Pollock.

Er spricht. Wir sind Bret und Lilly – *sie winkt* – und wir schreiben bald Geschichte. Das wird ganz groß, versprochen, und ihr seid live dabei. Wir planen das schon lange und jetzt ist es soweit! Gestern haben wir den Anruf vom Labor erhalten. Schaut euch das an.

Schnitt. Sie steht in der Küche und schält Gemüse, ihr Handy klingelt bereits, sie geht ran.

Hallo? *Das Bild nähert sich ihrem Gesicht.*

Ja. Ja, klar, das bin ich. *Sie ist sichtlich aufgeregt, beißt sich auf die Unterlippe.*

Wir können kommen und es machen lassen? Wirklich?

Wow. Wow, das is … Schatz! Oh Gott, Schatz! *Ihr euphorisches Gesicht stürzt auf die Kamera zu, die macht einen Schwenk und zeigt aus Armlängennähe von der Seite, wie sie Bret um den Hals fällt und begeistert schreit:* Wir können's machen, wir können's machen!

Hallo, sind Sie noch dran? *Tönt aus dem Handy. Sie presst es sogleich wieder an ihr Ohr.* Ja! *Dabei verharren die zwei eng umschlungen.* Natürlich kommen wir. Dienstag 10 Uhr. Ja. Danke danke, vielen Dank! *Kussszene, weiter in Selfiedistanz.*

Schnitt. Wieder auf der Couch. Wieder er: Also, worum geht's? Wir werden ein Kind machen, das unsere mitteleuropäischen Gene hat – im Gesicht wird es aussehen wie wir –, aber, und jetzt kommt's: schwarze Haut- und Haarfarbe wird es haben! Genau, ihr habt's gehört. Wir editieren kein Schönheitsideal oder einfach eine Modevorstellung in die Welt, wir schreiben Geschichte. Das hab ich schon gesagt, anyway. Unser Kind wird der erste Mensch sein, der schwarz und weiß zugleich ist.

Sie fällt ihm ins Wort. Und dadurch die Kategorien aufhebt.

Genau. *Er schnipst mit beiden Händen eine coole Retro-Zeigefingergeste.* Man wird ihm ins Gesicht sehen und wissen, dass wir alle eins sind.

Sie neigt den Kopf zur Seite, blickt selig leicht nach oben. Wir werden ein Zeichen setzen, ein Zeichen für eine geeinte Welt.

Bret nickt betont ernst. Lilly hat immer schon gesagt, man darf auch heute nicht vergessen, dass Kinderkriegen eine politische Sache ist.

Dabei wendet sie sich wieder gezielt Richtung Kamera, kichert leicht und schüttelt ihr lockiges Haar. Genau. Aber das mein ich natürlich nicht feministisch.

Beide lachen kurz auf.

Das ist unser Geschenk an die Welt, unser Beitrag. Klingt vielleicht pathetisch oder so, aber ich hab mir vorher genau überlegt, was ich jetzt sage, weil das wichtig ist. Und ganz einmalig! *Ruft sie aus.*

Wir sind die ersten, vielleicht folgen uns viele von euch nach. Wow, ich bin schon so aufgeregt. Dienstag gehen wir ins Labor. Und wir nehmen euch mit. Follow us, seid dabei!

Er schnipst wieder, sie winkt.

Zange und Wege

Die Tür fällt hinter ihm ins Schloss, leise seufzt Janes aus. Eineinhalb Stunden sind um, manchmal hat er zwei, dann muss er weiter, tägliches Spiel. Er späht aus, sich einen neuen Platz zu suchen, der ihn für eine Weile aufnimmt und ihn bei der Arbeit in sich ruhen lässt; meist ein Café, eine Parkbank, die Universität oder andere öffentliche Gebäude, deren versteckte Winkel er mittlerweile alle kennt. Er klappert sie reihum ab. Heute geht er bis zum *Leons*, schon länger ist er dort nicht gewesen, in der geschützten Ecke links hinten, auf dem alten Couchsessel, in den man tief, tief genug einsinken kann eine Zeit lang, bis die Zange in der Brust sich erneut zu schließen beginnt und das diffuse Gefühl einer Enge ihn wieder weiter auf die Straße treibt.

Das Manuskript trägt er in der Tasche, die letzten Sätze im Kopf vor sich her. Mila Wilders neuer Roman *Night out*, aus dem Englischen übersetzt von Janes K., so wird es heißen; er hat noch zwei Monate Zeit. Janes kommt recht gut voran, zumeist schafft er es, seine Eigenwilligkeiten in eine strikte Routine einzubetten. Als Übersetzer kämpft man ja auch immer nur mit sich selbst, sagt er, wenn es in Unterhaltungen um Schwierigkeiten in seinem Berufsleben geht. Gerade aber ist es alles andere als einfach, Milas Ton einzufangen, die Eigenart ihres Stils, die Präzision. Etwas in ihm wehrt sich gegen diesen Roman und doch ist er ganz davon eingenommen. Er muss sich dieses Buch zu eigen machen, dessen Sprache zu seiner, das Gedankengerüst und die Emotionswelt, den ganzen Ballast, der damit einhergeht. Mila schreibt vom Verlorensein dreier Figuren, kulminiert in einer irren Partynacht, ihrem kläglichen Versuch, sich auf die Schliche zu kommen – was sie wirklich wollen, woher sie kommen und wie ihre Geschichte sie formt. Und in seine eigene Geschichte, die seiner Familie, findet Janes sich geworfen. Mila lässt ihn nicht entkommen. Das war ihm schnell klar.

Die Straße ist nur leicht belebt, ein paar Mütter mit Kinderwagen, alte Leute, vielleicht zwei, drei Arbeitslose und eine Handvoll hipper Freiberufler kreuzen Janes' Weg. Später Vormittag heißt hier, es herrscht kein großer Grund zur Eile. Diese Wahrnehmung legt sich immer wieder beruhigend über Janes und doch traut er ihr nicht ganz.

Auf den Brunnenstufen sitzen zwei Jugendliche, drei weitere stehen daneben, groß und schlank, wie viele es nun sind. Ihre Beine modellgleich hochgewachsen, passend zu den grazil langen Hälsen, ihre Gesichter von makellos weißer Haut umhüllt; die Haare stehen ihnen in Korkenzieherlocken wild vom Kopf, wie es Trend war vor circa fünfzehn Jahren, gleißend blond, bei einigen auch in kräftigem Bitterschokoladebraun mit Schattierungen, wie es sich nicht färben lässt. Die Augen schillern in der Vormittagssonne, supermanblau, türkis oder smaragdgrün, eine Spur Urlaubsmeer. Natürlich macht sie das schöner, denkt er sich, keine Frage. Es rebellieren auch nur wenige gegen die elterliche Vorbestimmung, glätten ihre Haare zum Protest oder färben sie ein – Haartattoos sind gerade der letzte Schrei –, andere kolorieren sich Streifen oder nur den Pony, die edle Editierungssfarbe nicht ganz zu verdecken, und ziehen sicher auch damit erfolgreich die Wut ihrer Eltern auf sich – wie viel wir bezahlt haben für dieses schöne Haar! Die meisten jedoch tragen stolz ihren Status vor sich her. Auch ihre abgenutzte Kleidung und die betont lässige Haltung täuschen über den Wohlstand nicht hinweg, der in ihren Leibern eingeschrieben ist. Offensichtlich können sie es sich auch leisten, heute nicht zur Schule zu gehen.

Die Grüppchen an den Cafétischen daneben müssen bereits Studenten sein, so viel verrät auf den ersten Blick die partielle Naturbestimmtheit ihrer Körper. Man muss sich die Mühe gar nicht machen, das Alter im Gesicht abzulesen; das erledigt der Grad der Editierung. Es sind die ersten Modelle, auffallend groß und schlank bereits; dann kam ein, zwei Jahre später schon die Milch in die Haut, der Rest aber ist noch ganz dem Zufall innerhalb der Vererbungsgesetze überlassen. Dafür sind sie alle schon vor vielen Erbkrankheiten bewahrt, das hat man als Erstes gemacht. So weit ist diese Generation der seinen voraus; Janes wendet den Blick ab, geht weiter Richtung *Leons*.

Er passiert die üblichen 3-D-Werbeprojektionen mit den Clips, die immer aufdringlicher werden, als spiele sich die sexy Sommergeschichte dieser halbnackten Limonadetrinkenden tatsächlich direkt vor seiner Nase ab. Da sind Flimmerszenen von Adrenalin- und Dopaminkicks – surfen, springen, freier Fall, Shots von Schweiß, der den Nacken herunterrinnt, einem zur Bodybuilder-Perfektion trainierten Brustkorb, Lippen pulsieren, Hand in Hand, sie kneifen die Augen zusammen –, Extremsport als „Mit-dir-gehe-ich-bis-zum-Letzten!"-Liebeserklärung inklusive verdienter Getränke-Erfrischung, die gleichsam alles zwischen ihnen nochmals heißer macht. Gerade gilt als Credo der Branche: Man nehme die Jüngsten, die man kriegen darf, um möglichst viel Editierungsfortschritt in die Voll-und-ganz-up-to-date-Werbung zu bauen. Oft versucht Janes die Bildschirme bewusst auszublenden, obwohl er weiß, genau dann hat die Werbebotschaft ihren größten Effekt. Er wird im *Leons* dennoch keine Limonade trinken.

Selbstvergessen läuft er mitten durch die Zweierreihe

einer Kindergartengruppe, sieht kleine Augen im Vorbeigehen auf ihn blicken, regenbogenfarben leuchten sie ihn an. Wie nicht von dieser Welt, denkt er jedes Mal, wenn er einem der neuesten Modelle begegnet. Auch die nun glatten, weißblonden oder schwarzen Haare glänzen spektralfarben, bricht sich an ihnen das Licht. Es gab Zeiten, da hätte man sie als Hexen verbrannt, als Dämonen gefürchtet, womöglich als Götter verehrt. Oder als vermutete Aliens eingesperrt und obduziert. Unausweichlich zieht ihre Andersartigkeit ihn in ihren Bann, Janes starrt auf den magisch anmutenden Schimmer: Eine Farbe genügt ihnen nicht.

Die paar Naturbelassenen unter ihnen fallen aus der Reihe, vergleichsweise klein sind sie und mollig, aschfahl ihre Haare. Sie gehen nebeneinander, Hand in Hand. Ob sie es schon wissen? Dass sie anders sind und immer anders sein werden, minderwertig ihre Natur? Janes betrachtet sie eindringlich. Liebenswert sind sie allemal, findet er, ihr ungetrübtes Kinderlächeln. Ein Rotschopf grinst ihm spitzbübisch nach, darauf verzieht Janes sein Gesicht zur Grimasse. Sie streckt ihm die Zunge entgegen und lacht vergnügt. Dann trennen sich ihre Wege. Janes betritt das Café.

Seine Ruhe-Ecke ist unbesetzt, erleichtert wirft er sich in den abgewetzten Samt und bestellt Espresso. Sogleich beugt er sich über sein Manuskript und die englische

Vorlage. Vorhin ist er inmitten einer Szene aus Elias' Erzählstrang stehen geblieben. Seitenlang musste dieser den Besuch seiner Schwester ertragen, inklusive ihrer Analyse, er gehe mit seinem Sohn genauso um wie ihr Vater seinerzeit mit ihnen. Daraufhin hat er sich auf den Weg gemacht, seinen lange untergetauchten Rabenvater aufzusuchen und die schwesterliche Aussage auf ihren Wahrheitsgehalt hin zu überprüfen. Gerade schlägt Elias' anfängliche Erleichterung über seine Mitfahrgelegenheit in zunehmendes Unbehagen um. Vielfache Andeutungen der drei Männer lassen den Verdacht zu, eine gröbere Straftat sei später noch geplant, und ob der Fahrer so nüchtern und sein Sitznachbar so frei von Phantasien erzwungener Sexualhandlungen mit Elias ist, das scheint immer zweifelhafter. Kurz denkt Janes an die Kindergartengruppe zurück, an das Spektralfarbenschimmern, das Grinsen des Rotschopfs, fragt sich, was man weiterträgt abseits dessen, was wir heute vorbestimmen können, und welche Anteile davon man weitergeben möchte, wie als Nachweltgeschenk, und welche lieber ein für alle Mal im Grab verrotten lassen zusammen mit dem eigenen Leib. Er denkt an seinen Vater, das Tagebuch, seine Geschichte. Die Träume, die sich eingestellt haben, seit er es liest. Hat er sich schon zu sehr darin verstrickt? Heftig schüttelt er den Kopf, wendet sich schleunigst wieder dem Roman zu.

Zunächst tippt er emsig in die Tastatur seines Laptops,

saugt die Sätze ein und lässt sie wieder herausströmen, als vollziehe sich die Geschichte direkt vor ihm und er beschreibe sie simultan, formt sie selbst zum ersten Mal mit Milas Worten, die jetzt die seinen sind. Das geht eine Weile so, vergessen Restraum und Zeit, bis er zu stocken beginnt und hoch- und um sich blicken muss, dumpfes Gefühl. Die Zange schließt sich langsam, drückt zu. Der Kellner steht mit dem Rücken zu ihm hinter der Theke, daneben ein neuer Kollege, der ausdruckslos in Janes' Richtung blickt. Als ihre Augen sich treffen, wendet dieser den Blick ab – wie enttarnt, so scheint es Janes – und bückt sich tuschelnd zum Kollegen. Janes steckt den Kopf gleich wieder in seine Arbeit. Weiter. Elias beschließt, aus seiner zwielichtigen Mitfahrgelegenheit auszusteigen; schließlich schafft er auch, nach längerem Bangen diesen Wunsch aus sich herauszustottern und begleitet von lautstarkem Lachen aus der Tür gestoßen zu werden. Zu Fuß macht er sich auf den Weg ins Stadtzentrum. Schattenspiele sich im Vollmondlicht bewegender Äste werden zu Auslösern diffuser Kindheitsflashbacks; Elias wird sentimental und verachtet sich dafür ein wenig.

Der Brustdruck verstärkt sich, Janes muss erneut aufblicken. Der zweite Kellner ist gerade nicht zu sehen, der erste lächelt einem neuen Gast entgegen, die Nebentische sind nun beide besetzt. Am einen glotzt ein junger Typ in seine Projektionsbrille, unklar, ob er gerade auf Janes oder durch ihn hindurchblickt. Am anderen sitzen zwei Herren im Anzug, einer blau, einer grau. Es hängt ein Schweigen zwischen ihnen, das etwas zu lange dauert, findet Janes, er beißt sich auf die Lippe. Wieder wird er nichts als er selbst sein müssen. Eine Weile kämpft er noch, versucht erneut eins mit der Geschichte zu werden – konzentrier dich, Janes, beruhige dich –, bis er zunehmend nach Luft ringen muss. Es ist Zeit. Janes springt auf und eilt möglichst unauffällig nach draußen. Sein Bankchip begleicht die Rechnung an der Tür.

Der Wind presst angenehme Kühle in ihn, öffnet die Zange und befreit seine Lungen. Janes muss weiterwandern; vielleicht setzt er sich in die nahe Zweigstelle der Stadtbibliothek. Elias hat noch eine Schlägerei zu verhindern und im Wahn einer Fremden nachzulaufen, dann kann Janes zu Mara nachhause gehen.

Handgriffe

„Nein, wir haben leider selbst nicht die Ressourcen dazu." Mara presst ihr Handy ans rechte Ohr, während sie die benutzten Kaffeetassen ihrer Kollegen in die Spülmaschine räumt. Natürlich haben sie einige bezahlte Mitarbeiter, auch staatlich zugewiesene Zivildienststellen, „die werden aber alle andernorts gebraucht, das ist ja nicht das Einzige, das wir machen!" Die vom Freiwilligennetzwerk tut so, als höre sie von ihrem Suppenküchen-Projekt zum ersten Mal, „aber ich dachte, Sie hätten uns bereits einige Helfer versprochen!" Mara fühlt alles über sich zusammenfallen. „Hat meine Kollegin nicht mit Ihnen gesprochen?" Das hat sie offensichtlich nicht. „Das tut mir leid, ich ging davon aus, dass … natürlich hätten wir uns da früher drum bemühen müssen, ja." Sie hätte Sandra erinnern sollen, mit ihr gemeinsam die aktuelle Projektliste durchgehen, alles besser koordinieren. „Nein, nein, ich will Ihnen da jetzt gar kein schlechtes Gewissen machen, im Gegenteil." Leute finden!

Über die Organisationshomepage einen eigenen Aufruf starten, soziale Netzwerke bedienen, Aushänge machen, um weitere Zivildienststellen ansuchen … Mara schreibt im Geiste schon die nächste Liste. Das lässt sich schon irgendwie schaukeln, vielleicht wird sich der Projektstart auch nur etwas verschieben.

Die Stimme ihrer Gesprächspartnerin wird indessen weich, weinerlich beinahe. Sie wolle ihr ja gerne helfen, aber sie habe so viele Projekte zu koordinieren, sie wisse selbst schon gar nicht mehr, wo ihr der Kopf stehe. Mara hört die Bedrängnis im Ton, sieht die Frau am andern Leitungsende bildlich vor sich, leicht gebückt, aber fahrig hinter ihrem Schreibtisch sitzen. „Das versteh ich nur zu gut. Ich will Ihnen da auch gar keine zusätzliche Mühe machen. Haben Sie vielleicht eine Kontaktliste mit infrage kommenden Leuten, die Sie mir zukommen lassen könnten?" Das könne sie gerne machen, ihr Sprechen gewinnt wieder an Kraft. Auch Maras Stimmung hebt sich gleich, obwohl sie sich überlegen muss, wie sie diese ganze Zusatzarbeit irgendwie in ihren Zeitplan integrieren kann. Das Gespräch endet mit den besten Wünschen. Ihnen auch noch einen schönen Tag!

Mara setzt ausreichend Kaffee für die gesamte Belegschaft auf und macht sich umgehend daran, den Aufruf für die Homepage zu formulieren. Währenddessen rumpelt es den Flur entlang, laut knallt eine Tür zu, es folgt

Stimmengewirr, ein leichtes Schreien, dazwischen Bellen; Sandra betritt das Büro, mit aufgeregter Hündin und quengelndem Kind im Schlepptau. „Verzeih, verzeih!“, sie lässt ihre Sachen auf den Boden sinken und geht aufgewühlt auf und ab. Mara erwartet nicht mehr, dass Sandra pünktlich kommt, und stört sich gar nicht daran, den Zeitraum, den sie morgens alleine im Büro verbringt, etwas auszudehnen. Im nächsten Moment beginnt Ronno bellend im Kreis zu laufen, ihre silbernen Augen glänzen. Sandra seufzt entnervt: „Jula darf nicht in den Kindergarten, haben sie gesagt, wegen des Gerstenkorns. Sonst stecken sich noch alle an, so wie sich die Kinder ständig im Gesicht rumwischen.“

„Und dann mag mich keiner mehr!“, schnieft Jula und setzt sich demonstrativ auf den Boden. Die Morgensonne zeichnet einen Regenbogen in ihr weißblondes Haar. Mara streckt ihre Hand aus, reicht Ronno ein Leckerli und streicht ihr sachte über den Kopf – ihr Fell so weich wie Hermelin –, die beruhigt sich gleich und legt sich auf ihre Decke unter Maras Schreibtisch.

„Und Martin kümmert sich mal wieder nur um sich.“ Sandra steht weiter verloren im Raum, Mara legt beide Hände auf ihre Schultern, schiebt sie zu ihrem Arbeitsplatz und heißt sie mit leichtem Druck sich zu setzen. Sandra plumpst bereitwillig in ihren Stuhl. Rasch stellt Mara ihr eine Tasse Kaffee auf den Tisch, dann hievt sie Jula vom

Boden hoch und drückt ihr einen Schmatz auf die Wange. „Wir können hier genauso Spaß haben, ja?" Jula kichert zunächst, blickt sogleich skeptisch. „Du glaubst mir nicht? Vielleicht haben wir sogar viel, viel größeren Spaß!" Sie kitzelt die Kleine in die Seite, die quietscht vergnügt, verstummt schnell wieder und gräbt ihren Kopf in Maras Achselhöhlen. „Ich bin aber so müde."

„Willst du auch ein eigenes Bett hier haben, wie Ronno?" Jula nickt ausladend und lutscht an ihrem Daumen. „Ein ganz weiches?"

„Gaaanz weich!" Die Kleine streckt ihre Arme auseinander, um ihre Vorstellung von großen Ausmaßen deutlich zu machen. Mara setzt sie auf dem Schreibtischstuhl ab und beginnt, ihr mit allen verfügbaren Polstern und Couchteilen ein Bettenlager zu bauen.

Sandra hingegen sitzt immer noch wie ein Sack auf ihrem Sessel. „Komm, trink deinen Kaffee! Alles halb so wild." Mara tritt einen Schritt zurück, um ihr Bettenwerk kritisch zu betrachten.

„Wie soll das alles bloß gehen?" Entgeistert starrt Sandra in ihre Tasse. „Dass ich plötzlich allein bin mit dem Kind, das war so nicht der Deal. Es ist einfach zu viel manchmal. Einfach zu viel."

„Ach, ihr werdet nicht lang alleine bleiben! Zwei so zauberhafte Frauen!" Mara zeigt grinsend Richtung Jula, die sich wie ein Katzenjunges auf dem Sessel eingerollt hat und vor Erschöpfung eingenickt ist. Und wie zauberhaft sie ist! Eine Puppenschönheit von einem anderen Stern, auf dem alle Farben in den Augen vereint sind und alle Körperteile makellos weiß umhüllt – wie in Zucker gegossen, denkt Mara und platziert noch das letzte Kissen um, bevor sie mit der improvisierten Liegestatt zufrieden ist.

„Natürlich weiß man ganz nüchtern betrachtet, dass Trennungen nicht das Ende der Welt bedeuten. Aber es fühlt sich halt so an." Der Kaffee haucht Sandra wieder etwas Lebensgeist ein, gerade genug womöglich, um sie für einen halben Arbeitstag funktionstüchtig zu machen. Hat sie ihr denn nicht die richtigen Ratschläge gegeben über die letzten Jahre, irgendwann einmal zu oft „Ja" gesagt, anstatt „überleg dir das noch mal"?, fragt sich Mara. Vielleicht ging das alles zu schnell, das Kind, der Hund, trautes Heim, Unglück allein. Denn eines Tages steht er da, die Koffer in der Hand, sagt: „Du, das stimmt so nicht. So hab ich mir das nicht gedacht", und geht zur Tür hinaus, dreht sich nicht um; und Jula sagt: „Wo ist denn der Papa hin?", und Sandra heult und schreit, und Ronno bellt hysterisch. Wenn die Vorstellungen die Wirklichkeit einholen und erdrücken irgendwann, ja, so sieht das dann aus. Auch wenn man einen Teil des Kindes editiert sowie den Hund; das Leben schreibt uns im Vorfeld noch keiner fehlerfrei ins Fleisch. Wo sitzt das Glück im Gen, wo die Garantie für ein gutes Leben?

Es ist einfach zu viel manchmal – wahrscheinlich lässt es sich so leicht erklären. Hätte sie öfter anbieten sollen, auf Jula aufzupassen, um für die beiden mehr Zeit als Paar zu schaffen? Wie schnell man sich womöglich verliert in dieser Elternrolle und nichts mehr wird als das, obwohl man einmal ein Partner war und ein Mensch ganz für sich. Vielleicht hat auch dieses Vatersein irgendetwas in ihm hervorgekehrt, das er an sich nicht ertragen konnte – wenn man eines Tages aufwacht und erkennt, dass man einfach nicht loskommt von diesem Ich. Und dann ist er weg.

Oder war's doch nichts weiter als ein Timing-Problem? Bei Sandra hat die Uhr getickt, laut und immer lauter, er aber steht morgens auf, frisch wie eh und je, fühlt sich wie ein kleiner Junge. Ich hau auf den Putz, denkt er sich, geh auf die Jagd! Ich kann doch noch alles haben im Leben, genug Geld ist da – wieso auch nicht? Dann fällt die Tür leise zu, ein Paar Schuhe fehlt in der Garderobe, und Sandra wünscht sich nur, jemand drehte ihre Uhr etwas zurück – Resetbutton –, Zeit zu gewinnen, sich rechtzeitig noch einen Mann zu suchen, wenn's mit dem Jungen nicht klappt.

Mara kennt Martins Seite nicht; auch die, die Schuld auf sich laden, haben's nicht immer leicht. Er wird nicht bedenkenlos gegangen sein; ja, sie will ihm nicht unrecht tun, wie sie einem andern immer unrecht tut, wenn sie seine Perspektive einnehmen will.

Wie aber kann sie helfen?

Sanft weckt sie die Kleine, indem sie ihr behutsam über die Wange streicht. Jula blickt verwirrt hoch, erspäht sofort ihr neues Lager und lässt sich gar nicht schnell genug dorthin tragen. Begeistert springt sie ein paar Mal auf und ab, dann fällt sie Mara dankend um den Hals und drückt sie fest, bevor sie selig – wie nur Kinder selig sind – in die Kissen eintaucht.

Sandra lächelt sie dankend an, seufzt noch einmal tief aus, bevor sie versucht, größtmögliche Arbeitsmotivation zu signalisieren. „Was steht an?"

Mara fühlt sich in der Zwänge – wie kann sie über die Freiwilligenhilfe sprechen, ohne ihrer Mitarbeiterin einen vermeintlichen Beweis für ihre Nutzlosigkeit zu liefern? Sie lässt es sein. Sandra wird schon nicht eins und eins zusammenzählen, so verstrickt sie gerade mit sich ist. „Ich hab da einen Aufruf formuliert, der muss dringend an eine Liste mit potenziellen Helfern geschickt werden. Könntest du das übernehmen? Das wär gerade DIE Entlastung für mich."

Sandras Schultern heben sich unmittelbar ein Stück, sie wirft den Computer an und setzt ihre Brille auf. Sie ist wichtig. „Klar. Nur mal her damit. Ich bin dran." Und Mara noch einmal davongekommen.

#we are all one. Vlog. Im Labor.

Lilly sitzt auf einer Liege, weiße Wand im Hintergrund und eine Ansammlung von medizinischen Apparaten.

Hi Leute, willkommen zum zweiten Vlog #we are all one! Heute sind wir im Labor, wie ihr hier auch schon sehen könnt. Die ganzen erforderlichen Tests haben wir ja alle schon machen lassen, und da war alles super-ideal. Also eigentlich sind wir nur hier, damit noch mal gecheckt werden kann, ob sich was verändert hat, Zyklus und so, und dann klären die mit uns noch mal den ganzen Ablauf, schätz ich. Das Wartezimmer haben wir euch erspart, jetzt bin ich also schon im Untersuchungsraum.

Schwenk. Ein Mann mittleren Alters in weißem Kittel betritt den Raum: Frau Biedermann, hallo! *Er geht betont freundlich auf sie zu.*

Ja, hallo, Herr Doktor. *Lilly setzt sich ganz aufrecht, die Kamera wackelt leicht und der Bildausschnitt entfernt sich.* Nimm mal bitte, Schatz!

Schön, Sie wiederzusehen! *Der Arzt setzt sich auf den Stuhl neben der Liege.*

Oh ja, ich freu mich auch. Bin schon ganz aufgeregt. *Sie neigt den Kopf, leicht flirty lächelnd.*

Vollkommen verständlich, Sie planen schließlich eine große Sache. Doch ruhig Blut; die Hormontherapie hat gut angeschlagen, die Edition wurde im Labor vorbereitet und die Ethikkommission hat zugestimmt. Aber das ist eher eine formale Angelegenheit. *Er grinst und deutet ihr, sich hinzulegen. Die Kamera entfernt sich erneut einen Schritt. Lilly liegt nun in voller Länge horizontal im Bild, untenherum ist sie nackt.* Na, dann schauen wir uns das gleich mal an. *Zwei Untersuchungsarme fahren aus einem der medizinischen Geräte. Am einen ist eine Kugel befestigt, die langsam Lillys Bauch entlanggleitet, der andere fährt behutsam in ihre Vagina, währenddessen blickt der Doktor konzentriert in eine Projektionsbrille.* Das sieht gut aus, wunderbar. Sie hatten recht, wir haben perfektes Timing! Kurz vorm Eisprung. Wir können gleich heute ein paar Eizellen entnehmen.

Lilly fährt hoch. Ja, heute?

Jetzt gleich, wenn Sie so wollen. *Beide Untersuchungsarme fahren wieder in das Gerät hinter ihm ein.*

Oh wow!

Natürlich nur, wenn Sie wollen.

Sie blickt in die Kamera, die Augen gierig strahlend. Natürlich wollen wir!

Er nickt und legt seine Brille ab. Und von ihrem Partner brauchen wir dann natürlich auch die frische Spermienflüssigkeit.

Hast du gehört, schaffst du das, Schatz? *Sie grinst verschmitzt.*

Bret spricht aus dem Off. Kann's gar nicht erwarten. *Und lacht dazu laut auf.*

Sie wissen – *Fokus auf den Doktor* –, wir betäuben Sie und entnehmen die Eizellen durch die Scheide, keine große Sache. Also nicht wir, der Apparat hier erledigt das natürlich. *Er klopft anerkennend auf ein anderes Gerät neben sich und lacht.* Wir kämen sonst auch gar nicht hinterher mit unsrer Arbeit. *Er steht auf und reicht Lilly die Hand, die Kamera folgt ihm.* In circa drei Tagen hören Sie von uns. *Der Doktor geht zur Tür, dreht sich noch einmal zum Bild.* Und Sie gehen bitte in den Raum Nummer vier und sorgen für die entsprechende Spermienprobe. Viel Spaß!, *sagt er fast schelmisch und geht.*

Lilly streckt die Hand nach der Kamera aus. Kannst du bitte an MICH denken.

Natürlich denk ich an DICH. *Brets Stimme bricht kurz nach oben aus. Die Kamera wackelt, entfernt sich, bis erneut die gesamte Liege zu sehen ist, und wird schließlich ganz ruhig – abgestellt. Nun tritt Bret seitlich ins Bild und gibt Lilly einen Kuss.* Bis gleich. Be brave!

Alles gut, Baby! *Sie winkt betont tapfer ab, richtet sich*

zur Kamera, ihr Lächeln wie aus dem Modemagazin. Ich fühl mich so weiblich heute. Das ist schon ein Wunder alles, findet ihr nicht? *Aus dem Gerät neben der Liege fährt ein Maschinenarm und initiiert Lilly eine Spritze.* Und wir machen ein Wunder. Ihre Augen fallen zu, der Kopf neigt sich zur Seite. *Ein zweiter Arm hält ein durchsichtiges Röhrchen und fährt damit in ihren Unterleib. Das Bild wird langsam schwarz. Voiceover von Bret und Lillys Stimme, sie rufen begeistert:* Follow us, bis bald!

Kuppel

Janes kommt von seinem Streifzug nachhause. Er hat Elias erst mal alleine auf der Straße gelassen und Milas Stimme zurück in die Buchseiten gedrängt. Mara ist schon da und empfängt ihn gleich an der Tür mit den üblichen drei Küssen – Mund, Hals, Stirn –, dann grinst sie und sagt: „Komm rein, komm heim!“, als müsse sie dieses Zuhausesein täglich betonen, da Janes sonst Gefahr liefe, es zu vergessen, oder es ihm stets aufs Neue sagen, bis er es endlich glaubt. Er kann die Erschöpfung des Tages an ihren Augen ablesen und dem Grad der Krümmung ihrer Schultern, obwohl sie wie gewohnt versucht, nichts davon zu zeigen. „Was schwebt dir vor?“, fragt sie herausfordernd.

Das abendliche Kochen genießen sie wie zwei Kinder, die zum ersten Mal im Garten aus Erde einen Kuchen backen. Jeder findet noch ein Unkraut, das den Geschmack verfeinern wird, noch besser als das vorige des andern.

Seine Lippen nähern sich behutsam Maras Kopf und flüstern wie als Zauberwort „Farinata di ceci" in ihr Ohr. Nichts weiter muss er sagen; sie nimmt ihn bei der Hand und nickt.

Sie werden gemeinsam kochen, sie werden es schön haben. Wenn man das schon weiß, kann im Grunde gar nichts schiefgehen. Manche Stunden mit Mara bilden für Janes eine Art Schutzraum, in den er kurz ein- und in ihm untertauchen kann, vergessen seine Umgebung und alles, was in ihm ständig wegstrebt; eine Kuppel aus Heil.

Mara streicht über einen Kürbis, wiegt ihn kurz in der Hand, zupft Korianderblätter auseinander, riecht daran. „Ein Curry dazu!" Vorfreudig benetzt sie ihre Lippen, lässt Senfkörner in ihrer Handfläche spielen und lädt Janes mit den Augen ein, es ihr gleichzutun. Tritt er einen Schritt zurück und fängt ihr Bild genau so einen Moment lang mit den Augen ein, fühlt er nichts, als dass er ein Kind mit ihr will. Ein Gedanke, den er besser nicht denken sollte – nicht jemand wie er.

Dann gehen sie ans Werk: Sie waschen, schneiden, hacken, mörsern, braten, mischen, rühren, bilden einen Reigen aus ineinanderreichenden Tätigkeiten, in dem ihre Hände sich derart ergänzen, dass sie sich wie zu einer einzigen flüssigen Bewegung zusammenfügen. Janes beginnt den Fladenteig zu mischen, Mara heizt den Ofen vor, fettet die Form ein, streut über seine Schultern hinweg frischen

Rosmarin in den Teig. Es zischt und es dampft, weicht alle Konturen auf.

Sie essen nebeneinander auf dem Teppich sitzend; so kann Mara während des Essens schon Janes' Beine massieren oder von seinem Teller klauen und ihn im Gegenzug von ihrem Löffel füttern. Sobald sie fertig sind, legt sie seinen Kopf in ihren Schoß und streichelt geduldig sein Haar. Da bemerkt er die Erschöpfung in ihren Augen – ob sie nicht eigentlich lieber alleine auf der Couch liegen würde, fragt er sich und kennt ganz ehrlich die Antwort nicht, nach all den Jahren nicht. Janes weiß, er ist ein weiteres Glied in ihrer Anstrengungskette, die sich in mehreren Schichten um ihren Hals legt. Eines Tages wird sie zu schwer sein oder ihr die Luft abschnüren. Vielleicht wird Mara es vorher schon bemerken, wird „nein und zu viel" sagen, alles ablegen, aus heiterem Himmel. Einmal wird sie einfach nicht mehr wiederkommen. Diese Vorstellung fügt sich in die Reihe seiner schlimmsten Ängste ein und bildet mit ihnen die Grundstimmung, die Janes über die Welt legt. Er braucht die Kuppel also auch vor Mara, vor dieser Beziehung und dem Scheitern, das stetig über ihnen hängt. Diesen Schutzraum zu bauen und aufrechtzuerhalten, ist der paradoxe Spagat, den Mara ständig schafft. Für diese Leistung kann Janes sie nichts als bewundern, nicht einmal lieben kann er sie dafür, nur bestaunen in respektvoller Distanz.

Wer aber baut für Mara eine Kuppel? Vielleicht wird sie auch das selbst in die Hand nehmen. Janes vermag es jedenfalls nicht, denkt er, dreht sich zu ihr und küsst vielfach ihre Hände – ein Küssen, das sagt „verzeih", darauf antwortet ein sachtes Streicheln, „alles gut". Aus dem zärtlichen Zwiegespräch wird ein leidenschaftliches Schweigen, das ab und zu von lautem Atmen und leisem Aufstöhnen gebrochen wird, als sie schließlich miteinander verwoben auf dem Boden liegen und ihre Finger einander absuchen, dabei an manchen Stellen etwas länger verweilen, die Bewegungen präzise auf ihr jahrelang studiertes Ziel ausgerichtet und erfolgreich abgestimmt. Janes gräbt sich in Maras weiße Wölbungen, taucht tief ein in ihr Hautweich, in die Vertrautheit ihres Geruchs, sich weit im Herzen der Kuppel ein Versteck zu suchen und so lange wie möglich dort zu verweilen. Weiter agiert er wie in Trance, geleitet vom Automatismus ihrer Körper, als gäbe es in diesem Moment gar keine Möglichkeiten sich anders zu bewegen als exakt so in- und auseinander.

Und Mara nimmt ihn in sich auf und hält ihn, hält ihn hält ihn so fest, dass das Flackern in ihm anhalten muss und er nicht mehr fallen kann in all das Unbehauste in ihm. Für diesen Moment wenigstens lässt sie ihn einfach sein und ruhen in ihr, endlich ruhen, während sie weiter und weiter zustreben aufeinander, im Versuch, ineinanderzufließen und zu einer Masse zu verschmelzen. Und sie ziehen sich näher und näher und fester an sich, stoßen stoßen stoßen weiter aufeinander zu und – sie erreichen sich nie.

Erschöpft fallen sie auseinander; Mara hält ihn noch eine Weile in und bei sich, bis er langsam schwindet – sie fühlt es unabwendbar –, und Janes' Innenflackern, stillgelegt für eine Weile, wieder gegen sie zu arbeiten beginnt. Es dauert nicht lange, bis er ihr entglitten ist. Sie weiß, weiß es im Grunde immer schon, sie kann ihn nicht halten. Schwer spürt sie das Versagen auf sich liegen und dreht sich zur Seite, sein Gewicht mit einem Ruck von ihren Beinen zu nehmen. Ein leichtes Kribbeln fährt von ihren Zehen hoch und formt sich im Unterleib zu einem dumpfen Klopfen, das sie tiefer in den Teppich sinken lässt. Mara seufzt neue Luft in ihre Lungen. Vermutlich gäbe es uns Menschen nicht oder nicht mehr, hätten wir das Drängen hin zu dieser Illusion abgelegt – dass man eins ist und, wenn auch für einen Moment nur, alles heil –, obwohl wir beschlossen haben, die biologische Funktion des Ganzen auszulagern, sind das die Reste davon, die uns erhalten, unvollständig, aber immerhin, irgendwie. Janes schmiegt sich an sie.

Allmählich steigt die große Erschöpfung in ihr hoch, flüstert verlockend, jede Wehr aufzugeben. Mara aber bleibt standhaft: jetzt ist Janes-Zeit, muss Janes-Zeit sein und die verlangt ihre volle Kraft und Aufmerksamkeit!

Der hingegen beginnt selbstvergessen die Haut ihres rechten Busens einzusaugen, nuckelt und knabbert daran –

sie hat ihn wohl in die ideale Regressionsposition gebracht. Mara beobachtet ihn, friedlich, lässt ihn gewähren. Nach einer Weile hält er plötzlich inne, blickt kurz hoch und lacht ausgelassen auf. „Was für einen kleinen Jungen hast du dir da ins Haus geholt, hm?“ Und wie er so ehrlich über sich lacht, sich durch die Haare fährt und sich prompt wieder an sie kuschelt, da flammt der Gedanke in ihr auf, dass sie ein Kind mit ihm will. Sogleich zuckt es durch Maras Oberkörper hindurch und sie schüttelt ruckartig den Kopf.

„Was ist?“ Janes spürt die Bewegung.

„Ach nichts.“ Sie schubst ihn von ihrer Brust und zieht ihn mit sich unter die Dusche. Dort dreht sie den Temperaturregler weit nach links, bis ihnen das Wasser bald die Haut entlangbrennt; genau wie Mara es mag. Großzügig seifen sie sich ein, schrubben und waschen einander, dann steigen sie aus dem Nebel. Grob reibt Mara sich trocken, fügt der aufgeheizten Haut eine weitere Rotschicht hinzu, bis Janes ihr sein Handtuch um die Schultern legt und ihres sachte an sich nimmt. Sorgsam frottiert er damit ihr Haar, sein Gesicht ganz nah an ihrem und – sie sieht es unausweichlich – seine Gedanken schweifen, fern.

„Das tut dir nicht gut.“ Mara streicht ihm über die Wange. „Lass das Tagebuch, konzentrier dich auf Milas Text.“

„So einfach ist das nicht.“ Er lässt von ihren Haaren ab, senkt den Arm.

„Ich weiß das nur zu gut. Wie gern hätt ich eine andere Geschichte, keine Täter in der Familie.“ Sie nimmt ihm das Handtuch aus der Hand, sieht ihn eindringlich an. „Manchmal musst du einfach stark sein, Janes.“

Er löst sich von ihrem Blick, starrt auf die Fliesen.

Mara packt seinen Kopf mit beiden Händen. „Lauf nicht immer weg.“

„Ich weiß.“ Janes sieht ihr geradewegs in die Augen.

„Du musst nicht.“

„Ich will ja!“

Sie lässt ihn los. „Du musst's ja nicht.“

Er wendet sich leicht ab, streift mit dem Blick den beschlagenen Spiegel und bleibt darauf fixiert. „Vielleicht doch. Irgendwie.“

Janes' Nacht

Flehen, Schreien. Nein Nein Nein. Sie nehmen wieder eine mit. Die Vorige werfen sie zurück in den Raum, der ist dunkel, sobald die Tür zufällt. Boden und Wände sind schwarz, nur die Leinwand ist weiß und reflektiert die Notausgangsbeleuchtung oberhalb der Tür. Man gewöhnt sich daran, vielleicht ist es sogar besser so. Ich bin mit Oma hier, irgendwie aber auch in ihrem Bauch beziehungsweise in dem meiner Mutter, die gerade noch in Omas Bauch ist, aber ich krieg auch so alles mit. Da liegt sie jetzt, die benutzte Frau, dahingeworfen. Sie ist aufgebraucht. Blut rinnt zwischen ihren Beinen auf den Boden, ihr Kleid ist zerrissen, sie zittert, sie wimmert. Zunächst traut sich niemand, sich zu nähern. Dann geht eine hin und nimmt sie in den Arm. Ihr Wimmern reiht sich ein in das übrige Schluchzen rundherum, es ist wie ein Chor, ein kleiner Leidenschor, und mit der Zeit entwickeln sich richtig Lieder daraus, Trauerrhythmen und Schmerzmelodien. Die neu wieder hereingeworfenen Frauen sind die Solistinnen, weil die erste Zeit über immer etwas lauter als die andren. So auch diese mit den blutverschmierten Lippen, den blauen Wangen. Ihr Gesicht wirft richtig Blasen. Das passiert, wenn man sich wehrt, so sagen sie. Ich schau gleich wieder weg, schau schon gar nicht mehr hin, es ist immer dasselbe. Oma hat auch genug gesehen. Sie streichelt ihren dicken Bauch, wie um ihn zu beruhigen, Mama und mich. Es hilft nichts – ist trotzdem angenehm. Mit der anderen Hand hält sie Tante Else fest, viel zu fest die kleinen Hände, die beschwert sich alle paar Minuten: „Nicht so fest, Mama", dann lässt Oma wieder etwas locker, bis ihr Griff sich wieder schließt, so nach und nach, und dann unkt Else wieder und und …

Daneben kratzt ein andres Kind mit den Fingernägeln eine Zeichnung in den Boden, es scharrt und scharrt, ein Strich ist eine Ewigkeit. Ich weiß gar nicht, wie lange wir hier alle schon sitzen, zusammengekauert, das ganze Kino voll. Vielleicht weiß es auch Oma nicht. Vielleicht spielt's auch keine Rolle. Uroma ist auch da und umklammert Uropa oder das, was von ihm übrig ist. Sie umhüllt die Urne mit ihrem dicken Mantel, es ist ihr größter Schatz. „Schatz, Schatz …", das flüstert sie immer wieder und wippt mit dem Oberkörper dabei leicht vor und zurück, manchmal nimmt sie auch Else noch auf den Schoß und schaukelt sie mit. Else scheint das zu gefallen, sie gräbt ihren Kopf tief in den großen, weichen Uroma-Busen und hält sich mit der Rechten an dem langen Uroma-Zopf fest. So schläft sie sogar ein bisschen. Wir aber schlafen nicht, wir wachen. Oder wir sind einfach schon zu verrückt. Sollte man nicht schlafen müssen als Mensch und essen und trinken, fragt sich Oma, ich hör sie das denken, ja. Aber vielleicht sind wir keine Menschen mehr.

Hinten in der Ecke ist ein Haufen, da liegen die Leichen und stinken. Immer wieder kommt eine neue hinzu. Die Männer draußen holen sie nicht raus, die waren ja schon aufgebraucht, weiter kümmern wir sie nicht. Es gibt genug spitze Gegenstände hier, Scherben, Metallteile und die Haut ist weich, die Adern schnell offen. Das Ausbluten dauert eine Weile, das stimmt. Aber wir haben Zeit. Auch dabei schau ich nicht mehr zu. Man sieht ohnehin nicht weit. Jemand trägt sie dann in die Ecke, damit dort das Blut sich sammelt, niemand will darin sitzen. Wahrscheinlich kommt jede einmal dran. Sie holen auch die jungen Mädchen, aber Tante Else ist noch zu klein, Oma zu schwanger und Uroma zu runzlig. Das vermuten wir, das hoffen wir. Uns braucht nur die Zeit langsam auf.

Auf einmal verzerrt sich alles, irgendwo fängt es an und breitet sich aus. Die Gesichter um uns verformen sich, in die Länge und wellenartig in die Breite, die Stimmen hallen eine Kathedrale aus dem Kino. Alles wird ganz schnell, immer schneller jede Bewegung das Kratzen das Wimmern Schatz Schatz schneller und schneller das Heulen das Bluten das Schreien immer lauter Nein Nein Nein – uns wird übel; Oma kotzt.

Irgendwie weiß plötzlich jemand den Geburtsort meiner Oma, so wie er in ihrem Pass steht, und die Botschaft dieses Landes holt uns aus dem Kino in ihre Botschaftsküche. Da schlafen wir auf einmal auf dem Boden, ja, wir schlafen einfach wieder. Die Fliesen sind senfgelb und kalt und so ungewöhnlich hart am Rücken, so hart kann eigentlich gar nichts sein. Aber es ist so und unsagbar still ohne die Lieder des Chors.

Oma schmeckt Wurst im Mund, Reste von Wurst und Brot und Suppe, ich kann mich nicht erinnern, gegessen zu haben, aber es ist in unserem Bauch. Es fühlt sich eigenartig an, es bewegt sich, geleeartig, sobald sie atmet, vielleicht gehört es da nicht mehr hin. Der Magen weiß nicht mehr, was er damit anfangen soll, er macht jetzt andere Sachen. Das denke ich alles, während wir schlafen, aber auch das funktioniert irgendwie. Die Sonne weckt uns schließlich sanft mit ihrer Wärme mitten im Gesicht. In diesem Moment nur – das erste Blinzeln – waren wir nie woanders, alles davor ist ungeschehen. Dann aber schafft das ganze Auge sich zu öffnen und gleich verraten unsere Lumpen die Geschichte der letzten Wochen. Doch keine Zeit für Resignation, Oma steht auf und geht aus der Küche, einen langen dunklen Gang entlang, sie folgt dem Licht. Das kommt aus einem großen Raum, herrschaftlich, mit Stuck und allem. Die offene Tür und der Eingangsbereich allerdings sind noch eng, alles aber weitet sich Meter für Meter, bis das andere Ende schier unendlich scheint. Ein roter Perserteppich führt den ganzen langen Weg durch das Zimmer bis an einen Schreibtisch, der trotz der immensen Breite des Raumes absurd gigantisch wirkt. Dahinter sitzt ein Mann und starrt auf einen Stapel Papier. Er rührt sich dabei nicht, vielleicht schläft er auch. Wir treten ein, gehen ein paar Schritte und bleiben andächtig stehen, starren auf den Mann, der wichtig ist, eindeutig wichtig. Das muss der Botschafter sein, wenn wir doch in der Botschaft sind. Welche Botschaft bringt denn der Botschafter? Von wo an wo oder von wem an wen? „Vielleicht behält er sie für sich", flüstert Else wie aus dem Nichts.

Wir warten. Es ist warm und es gibt viel zu schauen – all die alten Bilder an der Wand und die Muster im Teppich. Vor der Tür rumort es in die Stille, ein großer roter Frauenkopf streckt sich herein und grinst uns freundlich an, dann kneift er die Augen zusammen, pustet und zwängt sich und einen voluminösen Körper unter leichtem Stöhnen durch die schmale Tür. Die Frau ploppt richtig aus dem Flur in den Raum, fällt dabei beinahe, fasst sich noch im letzten Moment, steht auf und richtet ihr Kleid zurecht. Alles an ihr ist rund, die Knopfaugen und die großen Brillengläser davor, der Melonenbusen und der Orangenhintern und das Gesicht ein roter Ball. Sie lächelt weiterhin freundlich, geht an uns vorbei und setzt sich auf den Stuhl neben dem Schreibtisch. Auf ihrem Weg schon hat sie begonnen zu murmeln, nun da sie sitzt, werden ihre Worte klar. Sie sagt „Schweine!“, laut und deutlich sagt sie nun „Schweine!“, reiht ein „Schweine“ an das andere. Der Mann blickt hoch, sieht sie interessiert an und nickt. Er nickt und nickt, nickt ohne Unterlass, und sie sagt „Schweine“, sagt immer nur „Schweine“ in allen möglichen Stimmungen, Intonationen, Lautstärken, sie erzählt ganze Geschichten aus „Schwein“.

Währenddessen schlafe ich wieder ein und höre Schweine grunzen und schau zu, wie sie über mich hinwegtrampeln. Wie gelähmt bin ich dabei – sie feiern auf mir und ich kann mich nicht rühren. Allerdings weiß ich, dass es nur ein Traum ist, daher sehe ich meiner Bauchdecke zu, wie sie wundgetrampelt wird, bis die Gedärme heraushängen. Dann weckt uns jemand – wir liegen wieder in der Küche –, rüttelt uns wild und hetzt uns auf; eine Frau im Kittel, dahinter ein Mann im langen Mantel. Wir müssen schnell los, das wissen wir, obwohl keiner etwas sagt.

Wir laufen durch einen Tunnel, Uroma mit Uropa und Else und Oma mit noch dickerem Bauch und einem kleinen Bündel voll Sachen. Wir fühlen uns rund, sehr rund, wir fühlen uns nicht aerodynamisch genug. Wir sind langsam, viel zu langsam, wir können nicht schneller. Else fällt hin, Uroma packt sie und hievt sie auf die Arme. Jetzt trägt sie Uropa und Else um ihr Leben. Ihre Knochen knarren laut und ächzen, vielleicht bricht sie bald entzwei. Man sieht niemanden uns folgen, hört niemanden, aber wir wissen, dass wir laufen müssen, dunkles Wissen, einfach laufen. Ratten begleiten uns auf dem Weg, es tropft braune Suppe von der Decke, wir waten in Kloakenwasser und Leichenteilen. Knochen schwimmen auf, Fleischstücke, ein Kopf schwappt nach oben, eine Hand streckt sich nach uns aus. Weiter, zäh wird das Wasser, weiter, immer schwerer jeder Schritt, weiter, der Boden zieht uns ein. Else gleitet aus Uromas Armen, sie stürzt in die Bracke, die Urne fällt mit. „Hans! Hans!" Uroma schreit seinen Namen in den Dreck. Echo auf Echo im Kanal.

Wir kauern im Heu, es ruckelt, wieder ist es dunkel. Es riecht nach Kühen und Alm. Ein Halm kitzelt in der Nase, ein andrer sticht ins Gesicht. Wir sind begraben, aber wir haben einander. Auch Uropa ist wieder da. Ich weiß, dass es seit Tagen ruckelt, nur Schlitze von Himmel verraten die Zeit. Wie weit kann die Grenze noch sein? Wie groß ein Land und kann es sich ausdehnen, während wir darauf fahren? Das hätt ich sicher nicht fragen sollen. Sobald man es denkt, wird es wahr. Oma streichelt uns wieder, weil Mama und ich unruhig werden. Es ist eng und uns reicht's.

Sobald wir anhalten, haben wir Angst, sobald wir Stimmen hören, Panik. Mehr als je zuvor. Als wäre es schlimmer, hier gefasst zu werden, so kurz vorm Ziel.

Und dann ist sie da. Die Grenze. Oma spürt es, ja, wir wissen es genau. Weil der Tod in der Luft liegt, neben Willkür und Zufall und einem großen, breiten Grinsen zum üblen Spiel. Die Schüsse erhärten den Verdacht. Bis wir halten, forsche Stimmen sich nähern, Schritt Schritt Schritt, und das Heu mit den Augen absuchen. Wir spüren die Blicke. Und plötzlich rammt eine Stange neben Elses Kopf in den Boden, raus und noch mal, diesmal neben Omas Fuß – Bumm. Und wieder, sie trifft Uromas Zopf, malmt ihn gegen die Ladefläche und zieht sich in einem Zug zurück. Einen Moment ist es still, so still, nur der Wind weht. Was jetzt was jetzt, sind wir davongekommen? Vielleicht. Ja vielleicht. Immer noch still, zu still. Ich höre Mama über mir atmen und Oma und Else und Uroma sogar Uropa – wir leben zu laut.

Sie finden uns doch. Eine Hand stürzt zielgerichtet ins Heu, packt Uroma am Arm und zieht sie aus dem Nest. Dabei lässt sie Uropa nicht los. Die Hände schnappen uns alle und stellen uns der Reihe nach an die Wand. Zur Begutachtung. Dann wird über uns verhandelt. Die Hände mit dem Fahrer, der aber schaut unschuldig, nichts wissend, hebt die Arme und schüttelt den Kopf. Die Augen wandern uns nochmals ab, die Hände scheinen nicht sehr glücklich. Wir haben nichts zu geben, keinen Körper zu tauschen. Sie ziehen die Gewehre. „Halt!“ Uroma schreit, greift in ihren Mantel, reißt das Innenfutter auf und holt ihren Schmuck zum Vorschein, ihren schönen wertvollen geerbten geretteten Schmuck. Die vollen Hände streckt sie ihnen entgegen – wie die Geier stürzen sie drauf zu, entreißen ihr den Mantel und durchsuchen ihn nach mehr, holen stolz noch ihren Ehering aus dem Ärmel – so schön schillert der im Licht – und lachen laut. Und während sie lachen, schrumpfen sie, werden dürrer und knicken ein, ihre Ohren wachsen spitz nach oben und die Haut färbt sich grün. Sie lachen und sie springen im Kreis umher, glückliche Gnome. Wir kaufen uns also frei. Springen schnell auf das Heu und lassen uns in die friedvolle Fremde fahren. Angeblich gehören wir da hin. Die kurz nach uns gekommen sind – wir sehen es noch aus ein paar Meter Entfernung –, werden von den Kollegen-Händen erschossen. Sie sind alt, sie sind arm. Sie hatten nichts zu geben. Die Schüsse hallen in den Bergen nach. Die aber kümmert das nicht, haben viel schon gesehen und viel wird noch kommen. Es ruckelt wieder, der Himmel über uns ist klar. Oma fasst sich wieder an den Bauch, Uroma klammert sich an Uropa, Else sich an sie. Niemand denkt, jetzt sind wir sicher, alle fragen wir uns nur, wohin. Wohin jetzt nur, wohin?

Paare

„Mir war's ja egal und Hanno wollte ein Mädchen." Zurzeit erzählt Susanne bei jedem Treffen von der Produktion ihres Babys, allerdings immer wieder mit neuen Details. Dabei schafft sie es, den Prozess weder zu romantisieren – wie das bei vielen gerade in Mode ist – noch ihn abwegig oder unnatürlich wirken zu lassen. Jedes Mal, wenn sie sich wiedersehen, inspiziert Mara Susanne von oben bis unten, hält nach Veränderungen Ausschau, versucht sich in sie hineinzudenken, fasziniert von der Verwandlung, die der Körper der anderen gerade vollzieht. Ein Strahlen hat sich über Susannes Gesicht gelegt, die Augen, das Lächeln, der Teint; Woche für Woche wächst mit dem Bauch auch dessen Kraft. Schön ist sie, wie nur die Schwangerschaft manche Frauen schön werden lässt, denkt Mara. Andere hingegen sind sichtlich abgekämpft. Auch hier ist die Natur nicht fair. Manche können einfach ein Teil des Wunders in ihnen werden, andere kostet es zu viel Kraft. Welcher Typ Schwangere sie wohl wäre?

Susanne jedenfalls trägt ihren Bauch vor sich her wie eine Trophäe, die mit ihr verwachsen ist, als sei sie eins geworden mit der Idee von diesem Kind. Keinen Moment lang entfernt sie ihre Hand, die das Baby durch die Haut hindurch streicheln will, wie als Vergewisserung, ob es noch da sei oder überhaupt wirklich existiere, wachse und gedeihe, was sie hineingepflanzt haben in sie. Und dann sprüht sie vor Energie, bis zu einem Punkt, an dem Mara sich für die eigene insgeheime Erschöpfung vor sich selbst schämen muss. Dabei ist sie nicht einmal schwanger!

Susanne kaut genüsslich, verdreht dabei die Augen. „Eure Einladungen sind immer die besten! Wegen der guten Gesellschaft natürlich, aber – das muss einmal gesagt werden – auch des Essens wegen. Wirklich, Wahnsinn!“ Sie nimmt den nächsten Bissen. „Wahrscheinlich sind wir gerade aber auch die besten Esser!“ Sie lacht und streichelt einmal mehr ihren Bauch. „Es ist schon verrückt, wenn Hanno nicht geerbt hätte, wär uns das gar nicht möglich.“

„Ich find's sogar schön. So hab ich umso mehr das Gefühl, mein Großvater hat dieses Kind ermöglicht. Also nicht nur genetisch.“ Hanno hebt sein Glas zum Toast. „Auf meinen Opa!“ Alle vier prosten laut und lassen die Gläser klingen.

„Was macht das Buch?“ Hanno richtet sich in kameradschaftlichem Ton an Janes.

„Was macht das Buch?“, wirft der zurück, beide lachen laut auf – es ist der Klassiker zwischen ihnen. Janes nimmt noch einen Schluck Wein, als spüle er das Lachen damit hinunter. „Mila ist wieder ganz existenziell.“

„Wundert nicht.“ Hanno nickt ihm anerkennend zu.

Janes legt die Stirn in Falten und zögert kurz, bevor er zur Frage ansetzt: „Glaubst du, unsere Kinder haben tatsächlich eine Chance, anders zu werden; anders als wir?“

„Unsere Kinder, oho!“

„Ganz hypothetisch war das jetzt gemeint.“

„Am besten, man ist einer von den Guten, dann stellt sich die Frage nicht.“

„Aber denkt ihr denn nicht auch mal über Nachwuchs nach, so in unserem Alter?“, wirft Susanne in das Zwiegespräch ein.

Janes und Mara entweicht gleichzeitig ein unmittelbares „Klar!“, gefolgt von einem schockierten Blick. Sie räuspern sich sogleich verlegen. „Also nein“, dementiert Mara auffallend heftig, Janes stammelt leise: „Irgendwie.“

„Manchmal natürlich. So wie man sich fragt, ob man umziehen will oder einen neuen Haarschnitt braucht“, tut sie es lachend ab; dabei vermeiden beide jeden Blickkontakt miteinander.

Janes wendet sich ruckartig an Hanno und holt die

Souveränität in seine Stimme zurück. „Also, was macht das Buch?"

Der nimmt einen Bissen, murmelt unter Kauen: „Ich bin dran, ich bin dran."

„Er ist so diszipliniert, das ist unglaublich!" Susanne strahlt, mit dieser Art stellvertretendem Stolz, die nur manche Mütter und verliebte Partnerinnen an den Tag legen.

„Susanne schreibt ja eigentlich viel besser als ich. Das ist die bittere Wahrheit." Dabei sticht Hanno mit seiner Gabel insistierend in die Luft.

„Ach …" Sie winkt ehrlich verlegen ab.

„Also im ganz poetischen Sinne", legt er noch relativierend nach.

Mara lehnt sich weiter nach vorne, um ihr Interesse zu bezeugen. „Schreibst du wirklich gar nicht mehr, Susanne?"

„Keine Zeile."

„Und es fehlt dir nicht?"

„Nein. Derzeit zumindest nicht. Das ist auch der Punkt. Hanno hat den Antrieb und den Glauben daran; er muss einfach schreiben, damit er nicht zerspringt. Genau das macht wahrscheinlich den Künstler aus. Und er hat die besseren Geschichten. Vielleicht hab ich auch einfach nicht so viel zu sagen." Darauf lacht sie überzeugend – es macht ihr wohl wirklich nichts aus.

Hanno in leicht angeberischer Pose: „Dabei ist es unendlich schade um ihr Talent!“

„Ach. Ist ja nicht so, als würd ich sonst nur meine Zeit verschwenden. Aber die volle Schublade macht mich traurig, klar. Das war natürlich nicht so gedacht, dass man arbeitet und arbeitet und das Werk nie jemand lesen wird am Ende. Es war für die Menschen gedacht.“

Kurz herrscht betretenes Schweigen. Dann bricht Mara die Stille. „Wollt ihr Nachschlag?“ Alle nicken betont begeistert.

Nach der zweiten Portion teilt sich die Runde, während die Männer auf der Couch noch eine Flasche öffnen, rücken die Frauen am Tisch näher zusammen.

„Weißt du, es ist, als hätt ich mit diesem Kind endlich einen Zweck erfüllt. Eine sinnlose Leere gestopft, die das Schreiben nie hat ausfüllen können; es war immer nur ein kläglicher Versuch. Und der falsche Ansatz. Ich werd die Welt nicht retten. Damit muss man sich erst mal abfinden, bis man Mitte 30 ist.“ Susanne lacht und wechselt schwungvoll die Position ihrer überkreuzten Beine. „Von da an geht's wieder. Ich bau mir selbst ein kleines falsches Glück. So läuft's.“ Eine bemerkenswerte Leichtigkeit liegt in ihrer Rede, befindet Mara.

„Und ja, klar ist das mit ein Grund, warum keiner die Welt rettet, weil alle selbstverlogen sind wie ich. Auch das werd ich nicht ändern.“ Sie lacht leicht zynisch auf und nimmt einen weiteren Schluck Kindersekt. „Natürlich tragen Eltern immer die Schuld mit sich herum, überhaupt ein Kind in diese Welt zu setzen, die nicht noch mehr Menschen braucht. Und dann versuchen sie alles ideal zu machen, um diese dumme Schuld auszugleichen. Aber wer kann schon etwas für seine Natur?“ Susanne wird mit zunehmend späterer Stunde immer nachdenklicher, tendiert zu Monologen, denkt Mara, ohne sich daran zu stören.

„Alle wollen nur das Beste für ihr Kind, und fühlen sich gut damit – ja, wir sind die Guten! Dabei wollen sie doch nur das Beste für sich. Vielleicht lebt es sich auch einfach angenehm als Egoist.“ Susanne schwenkt ihr Glas in der Hand, verliert ihren Blick etwas darin. „Man kann halt auch nicht immer nur gegen sich.“

„Warum können wir nicht so unbedarft sein, wie die ganzen normalen Menschen, hm?“, kommentiert Mara mit sarkastischem Grinsen.

„Dass es wirklich Leute gibt, die darüber nicht nachdenken oder es nicht zumindest insgeheim wissen, halte ich für einen Irrglauben der Intellektuellen.“ Susanne hebt ihr Glas und prostet in die Luft: „Hochmut, die unsere Depression rechtfertigen soll“, und lacht. „Aber klar, wir werden alles besser machen und unsere Kinder umso mehr.“ Demonstrativ zwinkert sie mit dem linken Auge und lacht erneut auf. Dann blickt sie auf ihren Bauch.

„Vielleicht hat aber auch alles andere als das keinen Sinn. Deswegen sind wir hier."

Mara entgegnet nüchtern: „Auch das hat keinen. Aber das macht nichts. Macht gar nichts. Das ist es eben."

Susanne wirft ihre Haare nach hinten und lehnt sich lässig zurück. „Wo kommen wir denn hin, wenn auf einmal die Nihilisten im Einklang mit allem sind?"

Sie lachen beide ausgelassen. Mara streicht Susanne über den Oberarm. „Du siehst wunderschön aus. Sagt dir das wohl täglich jemand?"

Die grinst. „Zumindest dafür war's gut!"

Mara verschränkt die Hände im Nacken. „Es kann ja nicht jeder ein Baby machen, das die Welt vereint. Darauf hätte man erst mal kommen müssen!"

„Du meinst?"

„Ach, es gibt da so einen Video-Blog. Also nicht, dass ich sowas regelmäßig verfolge …"

„We are all one?" Susanne ruft es begeistert aus.

„Genau der." Mara richtet sich auf. "Ein spannendes Projekt, nicht?"

„Ich kenn sie sogar, persönlich." Ein bisschen Stolz schleicht sich in Susannes Lächeln. „Lilly kauft regelmäßig bei mir ein. Und will immer ganz Spezielles haben, kannst du dir denken."

„Du kennst die?" Maras Augen leuchten. „Könnte ich dich um einen Gefallen bitten?" Sie rückt ihren Stuhl zurecht, legt die Stirn in Falten. „Ich muss nämlich ganz kurzfristig einen Benefizabend auf die Beine stellen, und zwar dringend!“

„Kurzfristig?”, fragt Susanne hämisch, doch mäßigt sogleich ihren Ton. „Du bist doch sonst so langfristig durchgeplant.“

Kopfschüttelnd blickt Mara zu Boden, senkt ihre Stimme. „Meine Mitarbeiterin hat die Förderungsfrist verpasst.“

„Dann geb ich dir besser gleich Lillys Kontakt.“ Wohlwollend lacht Susanne auf.

Die Männer leeren ihrerseits die zweite Flasche Riesling und sinken immer tiefer in die Couchsessel in der Ecke. Janes beobachtet Susanne aus dem Augenwinkel. „Findest du's manchmal eigenartig, dass da gerade in Susanne etwas heranwächst, aus einem Teil von dir? Und ihr habt alles bestimmt, was man bestimmen kann; jetzt nimmt es seinen Lauf.“

„Es ist banal. Und es ist verrückt. Ein Wunder; eigentlich kann ich's gar nicht glauben.“ Hanno kratzt sich einen Moment lang an Kopf und Bart, dann blickt er Janes direkt an, seine Augen glänzen. „Ich freu mich wie ein kleiner Junge und doch anders, wie ich mich nie hab freuen können bisher. Etwas ganz Ursprüngliches kommt da in mir hervor. Es ist schwer zu beschreiben. Ich hätte nicht gedacht, dass ich das habe, dass man das überhaupt noch hat heutzutage.

Es verliert den Zauber nicht; so komisch das auch ist. Du gehst ins Labor, und es ist immer noch ein Wunder."

„Ein gemachtes Wunder."

„Wenn du so willst. Ja. Absurd, nicht?"

„Vielleicht nicht. Vielleicht das Natürlichste der Welt."

„Und das Lächerlichste ist, dass ich stolz bin. Dass ich sie anseh und ihren prallen Bauch und stolz bin – ich hab sie schwanger gemacht!" Er schüttelt den Kopf und hebt selbstironisch linke Augenbraue und Mundwinkel. „Dabei war's das Labor!" Dann nimmt er einen großen Schluck, trommelt sich auf die Brust. „Hanno im Affenstadium. Ja, ja. Da können wir noch so viel editieren!" Wenn er lacht, scheint immer etwas Spitzbube in ihm durch, findet Janes.

„Und ich bin eifersüchtig, ein bisschen zumindest. Das macht mich dann wohl auch zum Affen." Er schenkt grinsend noch Wein in Hannos Glas.

„Wie beruhigend!" Der stürzt ihn schnell hinunter, mit fast komödiantischer Geste, und stellt geräuschvoll das leere Glas auf den Tisch. „Warum wollt ihr denn nicht?"

Energisch winkt Janes ab, plötzlich fährt ihm der Ernst ins Gesicht. „Ich denke, wir sollten besser nicht." Er steht auf, Hanno folgt ihm sogleich nach.

„Verzeih. Ich wollte nicht –" Das Schweigen unterbricht Hannos Satz.

„Alles gut." Janes stockt kurz, „komm, lass uns noch was trinken!", und hakt sich brüderlich bei Hanno ein.

#we are all one. Vlog. Heilige Unterstützung

Bret und Lilly sitzen auf Kissen auf ihrem Wohnzimmerparkett.

Hey hey! *Bret zeigt beide Daumen hoch. Lilly winkt.*

Heute wird's richtig deep bei uns. *Er versucht sich an einem tiefsinnigen Gesichtsausdruck.*

Sie spricht wie ein eifriges Schulmädchen: Oh ja! Wir holen uns heute die Unterstützung aller verfügbaren heiligen Kräfte, um für die erfolgreiche Editierung und Befruchtung zu beten. Da unser Kind ja alle Menschen auf der Erde einen soll, müssen alle Götter und Mächte unterschiedlicher Kulturen auf seiner Seite sein. Und ihm dabei helfen!

Lilly hat ganz fleißig recherchiert! *Bret lässt es wieder mit der Tiefsinnigkeit und entspannt sein Gesicht.*

Sie blickt zur Seite und kichert jugendlich. Zuerst hab ich gedacht, bei den monotheistischen Religionen is es einfach. Aber bei den polytheistischen war auch schnell klar, wer da zuständig sein muss.

Beide rufen wie einstudiert: Die Fruchtbarkeitsgöttinnen!

Und Muttergöttinnen!, *legt Lilly mit bedeutsamem Nicken nach.* Total viele gibt's davon, puh, da haben wir einiges zu tun! Und klar, ein paar männliche Götter für die Befruchtungskraft und so sind da auch noch. Doch umso mehr, umso besser, oder?

Yes yes! *Bret grinst breit und cool.*

Aber dazu später, zuerst fangen wir mit Allah an. Das ist doch ein schönes Friedenszeichen! Hier haben wir auch schon den Teppich ausgebreitet, der nach Mekka gerichtet ist. *Die Kamera schwenkt auf den Boden und gleich zurück in ihre Selfieposition.*

Wo das genau von hier aus ist, das haben wir auch erst mal rausfinden müssen! *Bret nickt zweimal mit leicht geöffnetem Mund.*

Ja, und das ist auch alles so super spannend! Welche Sure man für die Fruchtbarkeit sprechen muss und wie man da so betet und so weiter. Also, passt auf!

Bret kniet sich auf den Teppich nieder, vor ihm liegt sein Handy, von dem er abliest, in klassischer Gebetsintonation. Subhanallah Subhanallah Subhanallah …

Gepriesen sei Allah. Das muss er jetzt ganze siebzig Mal machen! *Lilly lacht schadenfroh auf.* Inzwischen zeig ich euch, was wir sonst noch alles vorbereitet haben. *Das Bild entfernt sich von den beiden und dreht sich um 360 Grad im Raum. Überall liegen Gegenstände auf dem Boden und auf allen Abstellflächen verteilt: Servierplatten mit Eiern, Äpfeln, Granatäpfeln, Quitten, Pinienzapfen, Marillen, Walnüssen und Reis, daneben Wasserschalen mit Kokosnüssen und Mangoblättern, andere sind gefüllt mit Lotusblüten. In einer Ecke liegen Rosenquarze in unterschiedlichen Formen und Größen, in einer anderen stehen aus Holz und Stein geformte Phalli und ein kleiner Ginkgobaum, auch eine Nikolaus-Rute ist an die Wand gelehnt. Eine Fülle von Bildern und kleinen Figuren von Schwalben, schwarzen Katzen, Hasen, Kobras und einem Paar goldener Fische zieren den Raum, chinesische Laternen hängen von der Decke. Lilly dreht sich wieder ins Bild.* Wie ihr seht, haben wir groß eingekauft. Das alles sind Fruchtbarkeitssymbole, vom ganzen Globus in unserem Wohnzimmer vereint! Manches war gar nicht so leicht zu kriegen. Aber jetzt bin ich da Expertin auf dem Gebiet. Also, wenn ihr Material für spirituelle Fruchtbarkeitshilfe auftreiben müsst und nicht wisst wo, einfach bei mir melden! Ich helf ja immer gerne weiter. *Dabei legt sie ihre Hand ans Herz und hält kurz inne, bevor sie wieder lossprudelt.* Und was wir jetzt für Sachen haben! Das hier zum Beispiel ist Wasser aus dem Wasserfall von Kununurra in West-Australien. *Sie zeigt eine kleine Glasflasche hoch, fährt damit näher heran und schüttelt sie. Im Hintergrund ist immer noch leise Bret zu hören.* Das war vielleicht schwer aufzutreiben! Aber da gibt‘s eine alte Geschichte, die geht rum, seitdem so ein früherer Hollywoodstar – Nicole Kidman heißt die – und sieben weitere von ihrer Filmcrew nach einem Bad darin schwanger geworden sind. Die haben also die magischen Kräfte des Wassers dort entdeckt. Wow! Das darf uns natürlich nicht entgehen! Ich weiß nur noch nicht, ob ich's trinken oder mich damit einreiben soll. *Sie zwinkert in die Kamera.*

Schwenk. Bret blickt aufrecht wartend ins Bild. Nur zu. *Lilly bewegt die Kamera zwischen ihnen hin und her. Inzwischen spricht Bret eintönig weiter, er singt es fast.* Astaghfirullah Astaghfirullah …

Das heißt „vergib mir, Allah". Das macht er jetzt zehn Mal. *Dabei gähnt sie laut.*

… Astaghfirullah Astaghfirullah. *Er hält inne, blickt kurz hoch, nickt und spricht weiter.* Subhanallah Subhanallah …

Und neun Mal wieder „gepriesen sei Allah". *Lilly betrachtet gelangweilt ihre Fingernägel, ertappt sich dabei, schreckt etwas hoch und lächelt wieder breit ins Bild.*

Jetzt kommt die Sure! *Sie zoomt näher an Bret heran, als wäre er so besser zu hören.*

ASTAGHFIROO RABBAKUM INNAHOO KAANA GHAFFAARAA. *Zeitgleich spricht sie hinter der Kamera:* Suchet eures Herrn Verzeihung, denn er ist allverzeihend. YURSILIS SAMAAA – A A'LAYKUM MIDRAARAA. Er wird Regen für euch herniedersenden in Fülle. WA YUMDIDKUM BI-AMWAALIW WA BANEENA WA YAJ-A'L LAKUM JANNATIW WA YAJ-A'L LAKUM ANHAARAA. Und wird euch mit Glücksgütern und Kindern stärken und wird euch Gärten bescheren und für euch Flüsse schaffen.

Bret richtet sich etwas erschöpft auf, Lilly stellt die Kamera ab und klatscht begeistert in die Hände. Jetzt bin ich dran! Dass es unglaublich viele Fruchtbarkeits- und Muttergöttinnen gibt, hab ich ja schon erwähnt, einige werden noch verehrt, andere sind von vergangenen Kulturen angebetet worden. Aber so ein Gott verschwindet ja nicht einfach! *Sie lacht.* Und schließlich muss unser Kind auch im Einklang mit der Geschichte sein. Er soll alles versöhnen, wie sollte das sonst gehen? Ich werd also ein Gebet an alle sprechen und hoffen, sie werden's auch alle hören.

Lilly nimmt mit ausfallender Geste ihr Handy in die Hand und stellt sich betont aufrecht in die Mitte des Raums. Sie hält es mit beiden Händen vor sich wie eine heilige Tontafel und liest davon ab, währenddessen trommelt Bret einen Rhythmus auf einer afrikanischen Buschtrommel. Ich bete euch an, ihr Göttinnen und Götter. Schenkt uns das Kind, das die Welt vereinen wird, ich bitte euch: Hariti, Epona, Freya, Kokopelli, Ghede, Atabey, Umay … *Nach einer Weile beginnt Lilly sich zum Rhythmus zu bewegen, sie schwingt sinnlich ihre Hüften in rituell anmutenden Posen.* Temazcalteci, Anahit, Tawaret, Min … Ishtar, Nanshe,

Ningal, Mesenet, Ala, Asase Ya. *Ihr Tanz wird schneller und wilder, Bret passt sein Trommeln an sie an. Lilly inszeniert einen Rausch.* Denka, Mbaba Mwana Waresa, Turan, Rauni … Gaia, Rhea, Dia, Hera, Ḫannaḫanna, Ninlil, Uraš, al-Lat, Nehalennia. Wir bitten euch, erhöret uns! *Lilly lässt sich theatralisch auf den Boden sinken. Sie atmet tief aus und ein, fasst sich wieder ans Herz.* Das war so intensiv jetzt, wohh!

Dann steht sie auf, streicht glättend über ihre Kleidung und richtet ihr Haar zurecht. Ach, es gibt so viele schöne Traditionen auf der Welt! So gibt's zum Beispiel jedes Jahr in Griechenland ein Phallusfest. Das Fest können wir hier natürlich nicht machen, aber ich hab mir vom Griechen so ein Penisbrot backen lassen, das isst man da traditionell. Und Bolos de São Gonçalo, noch so eine Penisbäckerei, aber portugiesisch, die hab ich mir auch geholt. *Bret reicht ihr das Gebäck, sie hebt es nur mit zwei Fingern hoch.*

Da kann ja nichts mehr schiefgehen!, *grinst er und beißt in den Mehlphallus in ihrer Hand.*

Und Kussszene! *Ruft Lilly aus. Die Kamera schwenkt ins Eck, in dem zuvor die unterschiedlichen Phalli zu sehen waren.* Hier haben wir eine griechische – *sie hält eine penisförmige Steinstatue hoch* – und eine aus Thailand – *anschließend eine aus Holz.* Offensichtlich stehen die auch ziemlich auf Penisse und so. *Lilly lacht etwas pubertär und presst der griechischen einen lauten Schmatz auf.*

Die Kamera wird auf einer Anhöhe abgestellt, Bret kommt ins Bild. Zum Schluss darf natürlich der jüdisch-christliche Gott nicht fehlen! *Er faltet bedeutsam seine Hände vor seiner Brust.* Lilly hat extra ein Gebet geschrieben. *Lilly zückt erneut ihr Handy, kniet nieder, legt es vor sich auf den Boden und faltet ebenso die Hände zum Gebet. Sie liest betont bedächtig:*

Herr, du bist der Gott unserer Fruchtbarkeit, unserer Wissenschaft, unserer Wunder. Ich bitte dich, befruchte mein Ei mit deinem heiligen Samen, damit ein Kind entsteht, das die Welt vereinen wird. Herr, du hast gesagt, wer fragt, dem wird gegeben werden. Ich frage jetzt, ich bitte. *Bret beginnt während ihres Gebets von Neuem leise zu trommeln.* Leite mich durch diesen Prozess, auf dass diese besondere Empfängnis, meine Schwangerschaft und die Geburt im Einklang mit deinem himmlischen Willen stehen. Du hast gesagt: ‚Gehet und vermehret euch'. Wir wollen es wagen, wir wollen uns dieser Welt annehmen. Für den Frieden, Herr, hilf uns. Weil für Gott nichts unmöglich ist. (Lukas 1–37) Erhöre unser Gebet, das tief aus unserem Herzen und aus unserer Seele kommt. *Sie bekreuzigt sich.* Im Namen des Vaters, des Sohnes und des Heiligen Geistes. Amen. *Steht auf, lässt ihrerseits wieder die Hüften kreisen und ruft schrill über den Rhythmus:* Und ob's geholfen hat, seht ihr im nächsten Vlog! Checkt es auuuus! *Black.*

Versuch über den Helden

Die Vorhänge haben einen Spalt übrig gelassen, von Fensterglas, von draußen, von Mondlicht und LED-Laternen. Das Licht trifft Susannes Bauch, erleuchtet ihn punktgenau, als würde er für eine Filmszene absichtlich so hervorgehoben, um zu zeigen, dass gleich etwas Dramatisches damit passierte. Es passiert aber nichts, außer Susannes Atmen, das den Bauch sanft hebt und senkt. Sie liegt bis zur Hüfte abgedeckt da, ihr Oberteil ist nach oben gerutscht und hat ihn völlig freigelegt, als hätte er ein Eigenleben und es wäre ihm heiß geworden oder er wollte etwas Luft schnappen. Er glänzt im blauen Licht, ragt aus dem Bett hervor – er will schon weiter, hinaus in die Welt. Hanno rückt näher heran, schmiegt sich behutsam an ihn, legt seinen Arm darum und seine Handfläche auf seine Mitte. Er lauscht, er spürt. Ob da wirklich etwas lebt darin, das seines ist zur Hälfte und werden wird, wie sie es bestimmt haben, genauso, gesund und schön?

Befriedigt, auf eine ungekannte Art und Weise zutiefst befriedigt, streicht er über die glatte, warme, makellose Rundung. Es ist perfekt! Er hat etwas geschaffen, endlich etwas geschafft. Und er wird es hegen und pflegen und daran feilen, bis alles richtig ist an ihm, schön und gut und besser, viel besser als er selbst es je gewesen ist für die Welt.

Hanno bemerkt ein dumpfes Stoßen gegen seine Haut. Ein Mal, kurze Pause, und erneut. Sein Kind, sein Kind! Es tritt, er fühlt es ganz deutlich, zielgenau gegen seine Hand. Es weiß, ich bin da. Hanno schiebt sachte seine Handfläche ein paar Zentimeter weiter nach links, er hört sein Herz pochen, wartet, wie auf ein himmlisches Zeichen. Er wird nicht enttäuscht. Bumm – noch ein Tritt –, bumm, bumm; es ist genau Hannos Richtung gefolgt. Eine Weile rührt er seinen Arm nicht von der Stelle, allmählich wandert er weiter den Bauch entlang, hält erneut inne, wartet. Doch das Treten und Stoßen bleibt aus. Es ist eingeschlafen, sagt er sich, und selbst die Ruhe nun findet er magisch; daneben hört er nur Susanne friedlich atmen. Vorsichtig zieht er seine Hand zurück, kreist nochmals sanft streichelnd über die Kugelmitte und dreht sich mit einem leisen Ruck aus dem Bett.

Es ist Schaffenszeit! Hanno setzt sich an seinen Arbeitsplatz im Wohnzimmer, schaltet seine Schreibtischlampe ein, seinen Computer, rückt seine Tastatur zurecht, richtet sich ein, sodass er sich in seiner Spiegelung im Fenster kurz betrachten und feststellen kann: Ich bin ein Schriftsteller. Bis jetzt haben seine Kurzgeschichten einige beachtliche Preise gewonnen, aber auf seinen Roman muss die Welt schon lange warten – nicht, dass tatsächlich jemand warte, der Markt hat genügend Futter. Hanno aber fühlt das Warten der anderen, fühlt den Druck der Vorstellung einer kollektiven Ungeduld gegen sich. Gut Ding braucht Weile, sagt er sich dann in Schleife, sagt es sich in eine Art Arbeitstrance hinein, die ihn sich wieder konzentrieren lässt. Schließlich tüftelt er an einer hehren Aufgabe: Er will mit seinem Roman ausloten, ob es heute noch eine Heldenfigur geben kann, einen zeitgenössischen Helden, glaubhaft, tatsächlich möglich, zumindest als Geschichte, und zwar als Charakter und nicht als tugendhafte Einzeltat. So ein Vorbild, ein männliches Ideal, das wäre wertvoll, ja wenn nicht notwendig sogar, daran hält er überzeugt fest, lässt sich davon durch die Tage leiten.

Monatelang schrieb er alles Produzierte immer wieder um, wechselte die Erzählperspektive, die Hauptperson, den Schauplatz, den Verlauf des Plots. Es war nicht gut genug, ist es noch immer nicht. Die Nächte sind zu kurz. Wenigstens ist es still, so wunderbar still, dass seine Gedanken endlich laut werden und Gestalt annehmen können; und Hanno weiß, das bleibt. Er schafft es aus sich und es bleibt, das lesbare Produkt seines Geistes, ein Stück Ich. Und nur dieses Produkt macht das Ich bedeutend;

jeder geschaffte Absatz bildet seine Existenzberechtigung, auch wenn er letztlich verworfen wird oder wieder und wieder umgeschrieben werden muss; er ist da. Aber ja, wie Susanne es sagt, er muss. Er muss schreiben, weil er sonst zerspringen würde mit der dumpfen Leere in sich. Das Bedürfnis, etwas schaffen zu können aus dem bloßen Nichts – weil wir eben keine Affen mehr sind oder nicht mehr ganz –, das leitet Hanno als urmenschliches Prinzip. Und gerade wirkt der Weg dorthin weniger beschwerlich, die Seite vor ihm nicht so leer wie sonst, denn er hat ein Kind geschaffen – es hat getreten, es ist da! –, dann kann er auch einen Roman schaffen; so einfach wird es gehen, und eine Welt erfinden mit einem Helden, damit auch er ein Held sein kann, ein Held für seine Tochter.

Schließlich gibt es mehr als genug Antihelden in der Literatur; er will keinen weiteren belanglosen Roman auf den Stapel der Neuerscheinungen legen. Aber kann man heute noch von einem guten Menschen sprechen, vom Guten überhaupt? Für Hanno steht jedenfalls fest: Der wahre Held ist einer, der sich frei dazu entscheidet und kämpfen muss dafür, auch mit sich, der auch leiden muss daran, nur dann darf es zählen. Wie aber lässt sich dieses Heldenbild mit Leben füllen, es übersetzen in ein Heute?

Vor ein paar Wochen noch vegetierte Hanno in krisenhafter Ideenleere, bis eines Morgens aus gewöhnlichen Leidenschaftsküssen plötzlich eine Gewissheit erwächst:

Er will nichts, als Susanne ein Kind zu machen! Doch er darf es nicht, nicht einfach so; das war klar. Er wird sich dieses Kind verdienen müssen, hart, hart erarbeiten und ihm das Bestmögliche mitgeben für diese Welt. So beginnt die große Vision; dieser Lustmoment birgt zugleich den Schlüssel zu seinem Buch und sein ganzes Leben – jetzt ist er ganz bei sich angekommen. Er schreibt seine Hoffnungsidee nieder, das Ideal von einem guten Vater.

Ohne langes Zögern unterbreitete er Susanne seinen Wunsch, und bevor noch die großen Sorgen um die hohen Kosten aufkamen, verteilte ein Anwalt Großvaters Erbe. Das darf natürlich so nicht in die Geschichte. Der Plot beginnt im Labor und der zurzeit optimalen Editierung, erzählt dann rückblickend davon, wie tüchtig der Vater für die Finanzierung des Eingriffs schuftet.

Hannos Fingerkuppen kribbeln warm, als spürten sie Susannes Bauch noch nach; er setzt zum Tippen an.

#we are all one. Vlog. Ein prächtiger Junge.

Lilly sitzt in einem Wartezimmer, hinter ihr strahlend weiße Wände und abstrakte zeitgenössische Bilder, die entfernt an Embryonen erinnern. Hallo ihr Lieben! Ihr könnt es sicher schon gar nicht mehr erwarten, genauso wie ich, heute wird es mir endlich eingesetzt! Unser Projekt! Editiert ist es, befruchtet, gereift und alles ist anscheinend gut verlaufen. Juhu! *Sie zappelt mit den Beinen, zwischen die sie ihre Hände gesteckt hat, dann hält sie inne, setzt sich aufrecht hin und posiert fast archaisch.* Es ist vollbracht! Unsere Gebete sind erhört worden. Die Rituale haben gewirkt. Nach fünf elendslangen Tagen haben wir den Anruf erhalten. *Sogleich setzt sie wieder ihr geübtes Kameralächeln auf.* Und gerade is mir das Herz in den Bauch gerutscht oder wie man da sagt, also ich sitz wie auf Kohlen. Herr Doktor! *Lilly springt auf. Schwenk auf den Doktor, der gerade den Gang entlangkommt.* Hat wirklich alles geklappt?

Er geht weiter gemächlich auf sie zu, Lillys Aufsehen

um ihn sichtlich genießend. Ganz nach Ihren Wünschen, Frau Biedermann. *Er bleibt vor ihr stehen und setzt einen professionellen Blick auf.* Keine Sorge, wir machen Präzisionsarbeit.

Natürlich, natürlich. *Sie nickt unterwürfig.*

Das wird ein prächtiger Junge!

Lilly strahlt wie ein Hollywoodsternchen. Ach, Sie machen mich so glücklich!

Uns beide!, *ruft Bret von hinten ein.*

Der Doktor lächelt geschmeichelt. Wir machen nur unsere Arbeit. *Den Satz lässt er eine Weile wirken.* Gehen Sie bitte wieder in Zimmer drei, dort steht schon alles bereit. Und Sie können natürlich mitkommen und alles wieder festhalten. Ich nehme an, dass Sie das möchten. *Er blickt fragend in die Kamera, nickt kurz und wendet sich wieder zu Lilly.* Sehr schön, und Sie können ganz beruhigt sein, das Einsetzen des Embryos passiert nahezu schmerzfrei … Sie brauchen nicht einmal ein Narkotikum. Sie werden sehen, ein kurzer Pieks, dann können Sie ganz entspannt nachhause gehen und über die Kinderzimmereinrichtung nachdenken.

Lillys Augen leuchten. Oh ja, Bret, machen wir das?

Mhm, *tönt der aus dem Off.*

Verzeihen Sie, ich muss auch schon weiter. Doch gerade nach Ihnen wollte ich vorher noch mal sehen. Mit unserem Apparat haben Sie ja schon Bekanntschaft gemacht, dem werde ich Sie jetzt überlassen. Kommen Sie bitte in zwei Wochen zum Schwangerschaftstest. Ich drück die Daumen!

Sie schüttelt ihm mit beiden Händen seine Rechte. Danke, Herr Doktor, vielen Dank!

Er verschwindet selbstzufrieden lächelnd in Zimmer zwei. Die Linse folgt Lilly ins Nebenzimmer. Dort bleibt sie neben der Liege stehen, fasst sich an ihren Hosenknopf, stoppt, blickt in die Kamera und fuchtelt verscheuchend mit der Hand. Das Bild bewegt sich rasch Richtung Fenster und zoomt dort nach draußen in die Skyline. Okay, *spricht Lilly in die Aussicht. Der Bildausschnitt dreht sich wieder und zeigt sie mit entblößtem Unterkörper neben dem Apparat liegen.*

Sie lächelt milde. Komm her und halt meine Hand, Schatz! Wir machen's zusammen. *Es ruckelt. Die Kamera wird schnell abgestellt. Bret nähert sich Lilly, plötzlich blinkt das Gerät neben der Liege rot auf und eine künstliche Stimme sagt:* Zehn Zentimeter nach rechts rücken, bitte!

Lilly folgt sofort der Anweisung.

Grünes Blinken. Exakt, *tönt es noch einmal aus dem Apparat. Dann hockt sich Bret neben Lilly und fasst ihre Hand. Aus dem Gerät fährt ein Maschinenarm, der einen Katheter hält.*

Ich bin da, Schatz, *sagt Bret noch, bevor der Arm an Lillys Unterleib fährt. Es ertönt ein Geräusch wie ein Schuss aus einem Luftdruckgewehr. Lilly zuckt kurz zusammen. Dann lacht sie hell auf und ruft:* Wir machen ein Baby!

Wir machen ein Wunder. *Bret küsst ihre Hand.*

Sie dreht sich nach links und lächelt ins Bild. Bis bald, ihr Lieben!

Bildmanagement

Silbern schillert ihr Kleid im Scheinwerferlicht der Galabühne, eng umschmeichelt es ihren trainierten Körper. Lillys Lächeln strahlt, überzeugend mimt sie die Filmdiva, hält sich grazil gerade und spricht geübt ins Mikrofon. „Danke, danke." Der gut gefüllte Saal tobt vor Applaus. Bret steht im Smoking an ihrer Seite, bleibt stumm und lächelt stolz. Auf der Projektionsfläche hinter ihnen verschwindet gerade die Einspielung.

Lilly versucht mit einer Bescheidenheitsgeste den Applaus zu beenden. „Herzlichen Dank." Sie wartet die Stille im Raum ab, bis sie in professionellem Bühnendeutsch weiterspricht. „Wir freuen uns wahnsinnig, hier zu sein! Wo immer wir können, setzen wir uns für die gute Sache ein. Das hat die Videovorstellung unseres Projekts sicherlich demonstriert. Endlich durften wir verkünden: Ich bin schwanger, es hat geklappt!" Kurz hält sie inne und legt bedächtig die Hand auf ihren Bauch.

„Warum sind wir also hier? Ich werde es ganz offen sagen: weil wir euer Geld wollen!“ Lautes Gelächter erfüllt den Raum. Die beiden auf der Bühne stimmen kurz ein, dann räuspert sich Lilly und die Menge verstummt. „Nein, wirklich, wir wollen nichts als euer Geld. Und eure Hilfsbereitschaft. Denn genau diese Hilfe wird dringend benötigt. Wir sammeln heute für eine Organisation, die sich den wirklich Schwachen der Gesellschaft annimmt.“

Mara überblickt die Gästemenge, zählt die bekannten Gesichter, mustert die unbekannten; dazu hat sie sich in der letzten Reihe neben Janes auf den Treppenabsatz gestellt. Lilly und Bret haben ein für Benefizveranstaltungen ungewöhnliches Publikum angelockt, aus deren Zusammensetzung sich Mara keinen Reim machen kann. Neben der erwartbaren jungen Vlog-Fangemeinde, die sich auffallend attraktiv und hipp gekleidet unter den alten Lokalpolitikern und betuchten Vereinsunterstützern bewegt, findet sich eine überraschend bunte Mischung. Eintönig bleibt allein ihre Mimik: Alle Blicke gehen gespannt Richtung Bühne, ganz im Lilly-Bann.

„Natürlich biegen wir alle im Leben auch einmal falsch ab! Ist es nicht so? Einige jedoch kratzen dabei nicht mehr die Kurve.“ Mit betroffener Miene schüttelt Lilly den Kopf. „Sie verfallen den Tiefen der Projektionen und kommen aus eigener Kraft nicht mehr heraus.“ Darauf seufzt sie laut. „Darüber wollen wir nicht urteilen, sondern die helfende Hand ausstrecken." Ihre Rechte hält sie gen Publikum und verleiht ihrer Stimme mehr Dramatik. „Unsere Message ist: Es gibt einen Weg! Einen Weg, den Hunger zu stillen, einen Weg aus der Sucht, weg von der Straße!" Einnehmend fixiert ihr Blick die Gäste, sie streckt die Finger weiter nach ihnen aus. „Reichen wir diesen Menschen die Hand!" Bedächtige Pause, sie legt die Hand ans Herz.

„Für sie wollen wir einen Zufluchtsort schaffen, wir alle hier. Mit vereinten Kräften!" Beschwingt animiert sie die Menge, erneut zu klatschen. Die lässt sich nicht lange bitten.

„Und diese Hilfe ist im wahrsten Sinne des Wortes nicht umsonst. Ihr wisst, was ich meine." Sie gibt sich gespielt streng. „Oder muss ich noch deutlicher werden? Zückt eure Accounts, Leute!", lacht hellauf. Währenddessen startet die Projektionsfläche und blendet die Daten des Spendenkontos ein.

Ein Rumoren und Rascheln geht durch den Raum, es wird in Handtaschen gekramt, manche tuscheln, tauschen sich aus; nach und nach leuchten kleine Bildschirme auf.

Mara zückt ihr Tablet, loggt sich in das Vereinskonto ein, verfolgt unmittelbar alle Eingänge. Ihre Finger hinterlassen Schweißabdrücke am Display, dahinter blinken Zahlen auf, unterbrochen von Nachrichten. Die aber überfliegt sie nur – *Helfe jeden Sonntag! Wo mich eintragen? Gerne freiwillig Tel-*

ler abzugeben Foodsaver Gemüse abholen Besteck verschenke Suppentopf –, wischt sie hastig weg, schaltet auf graphische Darstellung um und lässt diese auf der Projektionswand erscheinen. Ein roter Balken wandert.

Lilly räuspert sich ins Mikrofon, lächelt, wartet, bis das Publikumsauge wieder zu ihr findet. „Was ich noch sagen muss; und wieder und immer wieder sagen werde, bis es alle, restlos alle verstanden haben." Sie breitet die Arme aus. „We are all one!" Begeistert spendet die Menge ihr noch einmal Beifall, während sie modellgleich von der Bühne geht. Bret folgt ihr unauffällig.

Der Balken hinter ihnen rast nach rechts, hat längst die unterste Zielmarke gesprengt. Janes umschließt von hinten Maras Schultern, drückt sie affirmierend. Erleichtert seufzt sie aus, löst ihren Blick von der Projektion. Rechts der Bühne entdeckt sie Susanne und Hanno, die grüßend in ihre Richtung lächeln. Mit dem Weinglas voran geht Hanno auf sie zu, erhebt es feierlich: „Die beiden haben euch wirklich den Laden gefüllt!"

Strahlend stößt sie ihres dagegen: „Lilly hat einen Nerv getroffen."

„Reden kann sie", murmelt Janes von der Seite.

Hanno stemmt seine Linke in die Hüfte, spricht mit seriösem Gestus: „Ihr Projekt ist beachtlich, das muss man schon zugeben. Mutig und visionär."

Susanne gesellt sich nickend hinzu: „Alles so offen zu

zeigen, die gesamte Schwangerschaft auszustellen, das muss man sich erst einmal zutrauen."

„Und die ganze Öffentlichkeit dann auch aushalten", pflichtet ihr Mara bei.

Susanne fasst an ihren Bauch, lässt den Blick von Gast zu Gast schweifen. „Wenn man so verletzlich ist und alles im Umbruch."

„Sie hält sich jedenfalls wacker." Hanno versucht mit emphatischer Gestik, Janes ein Zeichen der Zustimmung zu entlocken; der zieht allerdings eine abschätzige Miene: „Die große Bühne scheint genau ihr Ding zu sein."

„Klar, sie lebt davon." Hanno schüttelt leicht den Kopf, nimmt einen Schluck Wein.

Janes schnaubt: „Wohl wahr."

Mara setzt einen Fuß zwischen die beiden: „Die Welt einen zu wollen, ist auch nicht gerade ein bescheidenes Unterfangen."

„Doch was ist mit dem Kind?" Janes' Ton wird schärfer.

„Na, es wird vielleicht ein Friedensbringer!", wirft Susanne ein.

„Das hätte es bestimmt gerne selbst entschieden." Eindringlich fixiert er ihren Blick.

Sie zuckt nur mit den Schultern. „Ohne elterliche Vorbestimmung keine Edition."

„Es wird kein ungestörtes Leben führen können!" Seine Mundwinkel zittern.

„Wer kann das schon?“ Mara bemüht sich um Milde im Ton.

Susanne winkt ab, schickt ihre Augen wieder auf Leuteschau: „Dann ist halt einmal einer nicht porzellanweiß, soll doch …“

„Ich spreche von einem Stigma“, fällt Janes ihr ins Wort.

„Wer möchte nicht etwas herausragend Besonderes sein?“ Hanno zeigt Richtung Bühne, als haftete noch etwas Starglanz auf der leeren Fläche.

Susanne lacht auf: „Oh ja, der Arme! Kommt berühmt und vermutlich reich auf die Welt.“

„Wir können nicht aus unserer Haut!“, zischt Janes. Sie fährt herum, blickt ihn entgeistert an. „Um allen Ruhm und alles Geld der Welt nicht.“ Schweiß perlt auf seiner Stirn.

„Janes, lass!“ Zärtlich fasst Mara seine Hand. Er hält inne, hebt die Schultern, atmet lautstark aus. Die anderen beiden wechseln verlegene Blicke, dann reicht Hanno ihm mit versöhnender Geste ein volles Weinglas vom Buffet.

„Daher versuchen wir ja die Haut im Vorfeld schon ideal zu gestalten“, fügt Susanne abschließend hinzu und massiert kreisend ihren Bauch. „Und was sich sonst noch Gutes editieren lässt.“ Darauf legt Hanno seine Hand auf die ihre und erhebt erneut sein Glas zum Toast. „Auf das Gute!“ Alle stimmen ein – Janes mit starrer Miene.

Schweigend verweilen die Vier in ihren Pärchenposen,

bis Mara sich von Janes löst und Richtung Bühnen-Off zeigt. „Ich sollte mich noch bei Lilly und Bret bedanken."

„Da komme ich mit!" Susanne klatscht begeistert in die Hände. „Ist doch eine gute Gelegenheit, um ihr privat Hallo zu sagen."

Brüderlich legt Hanno seinen Arm um Janes. „Und wir zwei, mein Freund, konversieren noch ein wenig über die hohe Kunst des Schreibens!"

Die zwei Frauen machen sich auf den Weg hinter die Bühne; vor der Tür zur Garderobe bleiben sie stehen, klopfen zaghaft. Als keine Antwort erfolgt, öffnen sie und gehen zögerlich hinein.

Lilly sitzt breitbeinig auf dem Garderobenstuhl, den Kopf tief über das Handydisplay gebeugt. Bret steht dahinter und massiert ihren Nacken. Das Abendkleid hat sie gegen ein weißes T-Shirt und Jeans getauscht, die Haare lose zum Dutt gebunden; er trägt weiterhin den Smoking. Sie würdigen die Eintretenden keines Blickes, bis Mara schließlich ein leises „Hallo, Entschuldigung!" herausbringt. Lilly blickt auf, lächelt breit: „Ach, hi! Kommt herein, kommt herein!" Bret nickt und brummt ein cooles „Hey!"

„Ich wollte mich bedanken." Mara geht mit leicht geöffneten Armen auf sie zu. „Herzlich im Namen aller projektionssüchtigen Obdachlosen dieser Stadt bedanken. Das war ein gelungener Auftritt."

„Überaus gelungen“, bestätigt Susanne und tritt hinter Mara hervor.

Bret küsst Lilly flüchtig in den Nacken: „Du warst wirklich wieder großartig, Schatz!“ Die winkt ab und überkreuzt die Beine: „Leichteste Übung, meine Lieben, leichteste Übung. Ich freue mich, wenn ich helfen kann.“

„WIR freuen uns“, betont er mit einem Zwinkern. Sie widmet sich wieder ihrem Handy: „Sorry, immer am Arbeiten. Aber ich muss; die Kanäle schlafen nicht.“

„Oh, wir möchten dich auch nicht lange aufhalten“, stammelt Mara, fährt sich verlegen durchs Haar.

„Aber bitte, ihr stört doch nicht!“ Die Vloggerin deutet den beiden, sich auf die Couch im Eck zu setzen und richtet ihre Aufmerksamkeit wieder auf den Bildschirm. „Wenn ich das nicht gleich mache, find ich keine Ruhe. Dauert nicht lange.“

Dankbar lässt sich Susanne in das Polster fallen, Mara bleibt noch kurz stehen: „Verwendest du keine KI-Analyse?“

Lilly antwortet ohne aufzublicken: „Selbstverständlich, sonst bräucht ich ja Hundertstundentage! Das Tool analysiert meine Social Media, aber deren Management lass ich mir doch nicht nehmen!“

„Verständlich“, stimmt ihr Susanne zu, dabei richtet sie es sich mit den Kissen gemütlich ein. „Sein Bild will man schließlich selbst bestimmen.“

„Genau!“, ruft Bret etwas zu laut und beginnt wieder zu massieren. Mit einer Selbstverständlichkeit lässt Lilly ihn gewähren, wischt hastig über den Handybildschirm „Also mal sehen, was haben wir Neues?“ Eine Computerstimme ertönt aus dem Mobiltelefon: „314 Fankommentare. 23 Auftrittsanfragen.“ Lilly drückt auf das Display, die Stimme pausiert; ihre Finger scrollen durch Details.

In der Zwischenzeit nimmt Bret eine Champagnerflasche vom Garderobentisch und hält sie anbietend in die Höhe.

„Sehr gerne! Ich hab euch extra meine Lieblingssorte besorgt. Nur alkoholfrei natürlich.“ Mara lächelt zufrieden. Susanne nickt und grinst: „Wenn ich schon einmal darf.“ Unbeholfen befüllt er zwei Sektflöten, Schaum läuft über die Ränder.

Die KI-Applikation berichtet weiter: „78 Liebesbekundungen, davon elf Heiratsanträge. 117 Hasspostings, davon 25 strafrechtlich relevant. 142 Nachrichten explizit sexuellen Inhalts, davon 55 Angebote sexueller Handlungen, 34 Zusendungen autopornografischen Materials, 29 Beschreibungen sadistischer Fantasien, 16 Androhungen sexueller Gewalt, sieben strafrechtlich relevante Postings. Ein deine Persönlichkeitsrechte verletzender, mittels künstlicher Intelligenz generierter Pornoclip.“

Gestresst fährt Lilly dazwischen: „Was? Wann war das, wer hat das gesehen?“

„Status: binnen 50 Minuten viral", antwortet die Stimme.

„Video anzeigen, Video anzeigen!" Panisch schreit die Vloggerin, tapst hektisch auf den Bildschirm. Auf der Projektionswand hinter ihr erscheint der Clip: Ein ganzes Männerrudel umkreist die nackte, im Vierfüßlerstand hockende Lilly, abwechselnd dringen sie in sie ein oder stehen masturbierend daneben. Sie stöhnt und schreit vor Vergnügen, während Unmengen an Ejakulat auf ihr landen und bald ihr Hinterteil bedecken. Der Gang-Bang ist täuschend echt animiert; ungläubig starrt Lilly auf die präzise Darstellung ihres Körpers, springt entsetzt auf, schreit abermals auf das Gerät ein: „Löschen, alles löschen! Alle Kanäle durchsuchen, jeden Link!" Die einzelnen Silben spricht sie überdeutlich: „Mach, dass es verschwindet!" Energisch wirft sie ihr Handy auf den Tisch, schnappt sich die Champagnerflasche und knallt sie gegen den großen Garderobenspiegel. Bret duckt sich gerade noch rechtzeitig – es klirrt und kracht; ein Scherbenmeer ziert den Fußboden. Lilly ballt die Rechte zur Faust und spuckt verächtlich auf die Spiegelreste. „Schweine!" Eine erbarmungslose Kälte kriecht in ihren Blick.

Reflexartig stehen die beiden von der Couch auf, stehen verloren im Raum. Susanne kratzt sich verlegen am Hals: „Wie schrecklich!" Mara sieht einen Moment fassungslos auf die Scherben, tritt dann einen Schritt auf die Vloggerin zu: „Das tut mir leid, Lilly. Danke noch einmal!"

Die blickt ihr erbost in die Augen, zischt feindselig: „Sollen die perversen Penner an der Suppe ersticken!“ Lilly wendet sich ab und schiebt Bret unsanft vor sich her. Die Tür knallt hinter ihnen zu.

Schwarz

Susanne sprüht Wasser auf eine handballengroße Blüte, neongrün leuchtet sie mit rot auslaufenden Rändern, geformt wie eine Azalee. Genügend Luftfeuchtigkeit muss man ihr bieten, dafür blüht sie das ganze Jahr über, als würde kein Tag vergehen. So zumindest lautet das Versprechen über die Neo-Pflanze – aus der neuesten Generation und gestern erst eingetroffen. Noch steht sie in keiner anderen Blumenhandlung der Stadt, wie ihre andersfarbigen Artgenossen, die Susanne ebenso sorgfältig mit Feuchtigkeit und Halbschatten versorgt. Mannigfaltige Farbenpracht in ausgefallener Musterung, heißt es im Prospekt, dessen Projektion sich neben den Pflanzen aufrufen lässt. Es gibt sie in allen Neonvarianten, in Tigermuster, Dalmatiner, mit violett-türkisen Punkten, golden und silbern glänzend, selbst eine in den Nationalfarben ist darunter. Susanne hat sie allesamt im vordersten Regal des Geschäfts eingereiht; und Kenner wissen, dass nur hier die wissenschaftlichen Neuerungen zu finden sind, vom Labor auf den Ladentisch. Bedächtig fährt sie über die frisch eingetroffenen Blätter, erfreut sich an dem Besonderen, dem Wunder und dem Zauber, der über dieser Pflanze liegt.

„Haben Sie auch diese Regenbogenblumen, von denen alle reden?" Ein Mann im Trenchcoat steht in der Tür, blickt ungeduldig auf Susanne und klappert mit seinem eingespannten Regenschirm gegen die Schwelle. Sie winkt ihn betont freundlich in den Laden und deutet ihm, ihr zu folgen.

Kaum vor dem Regal stehengeblieben, beginnt er abermals mit seinem Schirmende gegen den Boden zu stoßen. Susanne hält eine Pflanze in die Höhe und schwenkt sie leicht hin und her. „Die Blüte schillert in den Spektralfarben!" Der Regenschirm klackert weiter gegen das Linoleum, begleitet von einem skeptischen Brummen. „Die Form ist, wie Sie sehen, wildrosenähnlich. Studien zufolge ist das eine der beliebtesten Blütenformen." Unbeeindruckt starrt der Kunde sie an.

„Na, wie wär's dann mit dieser hier?" Susanne geht ein Stück nach rechts und deutet mit weit gespreizten Armen auf die nächste Pflanzenreihe, wie die Assistentin auf früheren Shoppingkanälen. „Die Blätter sind fluoreszierend, leuchten also im Dunkeln. Und sehen auch tagsüber sehr schön aus."

„Eine Blume muss es schon sein!“ Er räuspert sich und wendet sich zum Gehen ab.

Sie seufzt leise auf, holt das Lächeln wieder in ihre Stimme und überholt ihn mit ein paar schnellen Schritten. „Die Dauerblüte ist natürlich langfristig für alle Zimmerpflanzen das Ziel. Wir haben davon auch eine laborfrische Variante. In ganz verschiedenen Farben.“ Entschlossen stellt sie sich ihm in den Weg und lenkt seinen Blick auf die Neuerscheinungen.“

„In Ordnung, die Blau-Orange!“, sagt er mit gebieterischer Geste. Sie fasst nach dem Topf, er reißt ihn ihr förmlich aus der Hand und geht grußlos aus der Tür. Die Schranke darin scannt seinen Bankchip und blinkt ihm grün nach.

Susannes Mundwinkel fallen umgehend nach unten, verformen sich vom breiten Lächeln zu einer angewiderten Grimasse. Sie setzt diese Maske auf, damit sie nicht schreien muss. Das Verkaufen-Müssen verabscheut sie wie sonst kaum etwas, doch ist es untrennbar verbunden mit ihrem eigentlichen Element: dem Einkauf und der Platzierung neuer Produkte. Anschließend weist Susanne ihre Kollegin Lulu darin ein, die von wenig Ahnung hat, aber das Verkäuferlächeln beherrscht wie eine Turnweltmeisterin das Radschlagen. Das Sortiment des Ladens ist auf Zierpflanzen ausgerichtet, sie führen aber auch Nutzpflanzen speziell für den Balkongebrauch; alles für das kleine Eigenheim.

Die Recherche ist Susannes Feld und Leidenschaft – es ist, als säße man bei der Kreation neuer Organismen direkt in der ersten Reihe, als könne man zusehen, nehme teil an den neuen Wundern der Welt! Am liebsten stellt sie direkten Kontakt zu den Züchtern her, verfolgt oft schon Projekte in ihrer Entwicklungsphase. Mittlerweile steht sie im Austausch mit einer Reihe über den ganzen Erdball verteilter Labors, auch kleinen Sci-Start-ups junger Molekularbio-Nerds, der legalen Variante der Biohacker, die sich auf die Editierung von Zierpflanzen spezialisiert haben – und alles andere als leicht zu finden sind. Die Jagd jedoch bereitet Susanne die größte Freude, jeder Independent-Fang ist die schönste Belohnung. Manchmal sind diese Neuheiten nicht massentauglich, ideal jedoch für Kunden, die etwas ganz Besonderes wollen, und bei Susanne bekommen sie die ersten fertigen Exemplare, noch bevor sie bei herkömmlichen Großhändlern zu finden sind. Frau Koller, ihre Chefin, lässt sie bei allem ganz gewähren, erfreut über die wachsenden Gewinne, ohne sie allerdings daran Anteil haben zu lassen oder ihr wenigstens ein besonderes Lob auszusprechen. Aus *Kollers Blumen* wurde *Die besonderen Blumen*, viel mehr hat ihre Chefin schon seit Langem nicht geleistet; aber immerhin war sie in dieser Angelegenheit nicht zu selbstverliebt, sondern vorbildlich profitorientiert ausgerichtet.

Die Sache selbst muss Susanne genügen, und meistens

tut sie das auch. Die Ware sortiert sie nach Eigenschaften, nach potenziellen Wünschen der Käufer, installiert die Informationsprojektionen daneben, richtet den Laden ein wie ein kleines Labyrinth aus Versuchungen. Susanne stellt sich wieder vor den Computer hinter der Theke, die Eingangstür stets im Augenwinkel. Gespannt wartet sie auf die Antwort eines kleinen Schweizer Labors, das an der Optimierung von Miniheimgärten arbeitet. Dort editieren sie eine pinke Zwergtomatenkirsche, eine zarte, wachstumsbeschränkte Ranke, robust jedoch, Pflegefehler oder Nachlässigkeit verzeihend, und voll mit süßen, saftigen, leicht nach Kirsche duftenden Früchten, die sowohl zu süßen als auch zu pikanten Gerichten hervorragend passen. Zusätzlich überzeugt sie noch mit einem besonders hohen Anteil an Vitamin C und Flavonoiden. Gerade aktiviert sich der Bioscanner, um Susanne in ihren Account einzuloggen, da spürt sie Tritte in ihrem Bauch; das geht schon seit heute Morgen so. Zunächst war sie ganz außer sich vor Glück und hat Hanno gleich geschrieben, zunehmend aber fand sie die heftigen Bewegungen belastend, bis es sich endlich beruhigt hat, das rumorende Kind. Jetzt werden die Tritte stärker, sie fühlt einen pochenden Schmerz aufkommen.

„Ich will sie doch nicht haben!" Der Trenchcoat rauscht zurück in den Laden. „Eigentlich ist sie hässlich, genauer betrachtet ist sie einfach hässlich!"

Plötzlich fährt ein Stich von Susannes Bauch aus durch ihren ganzen Körper.

Er fuchtelt mit dem Topf vor ihrem Gesicht. „Ich will sie doch nicht haben, hören Sie?"

Alles wird schwarz.

Jetzt ergibt alles Sinn.

Elias liegt betrunken in einer Straßenecke und fragt sich, wie er nur hierhergekommen ist. Der potenzielle Leser aber weiß es natürlich; gerade eben ist er vergebens einer Fremden nachgelaufen, die er für eine Jugendliebe gehalten hat, welche ihm kürzlich prophezeiend im Traum erschienen war. Auf dem Weg ist er keuchend zusammengebrochen und musste sich einem kurzen Schnaps-Knock-Out hingeben. Allmählich wird für ihn alles wieder klarer, Janes aber fühlt sich vom angestrengten Hineindenken in Milas Hauptfigur leicht angetrunken – Method-writing sozusagen. Er ist auf seinem täglichen Streifzug, bereits bei seiner zweiten Station, der Stadtbibliothek. Hier hat er sich eingeordnet in die Menschenumrisse, die an den weißen Tischen eine Reihe bilden und in ihre Projektionsbrille oder ein Display starren. Doch Janes fällt heraus.

Er spürt es schon, die Unruhe in ihm bahnt sich an – er kämpft nicht länger, packt seine Sachen zusammen und flieht; draußen peitscht der Wind. Der Himmel aber und die Menschen scheinen sonniger, die ganze Stadt wirkt weniger grau als noch vor eineinhalb Stunden, als er aus seinem Platz im Rathaus und dem dort umherstreifenden Hausmeister in die Stadtbibliothek geflohen ist. Am besten kehrt er für ein paar Sätze noch im Liando ein. Besonders gemütlich ist es dort zwar nicht, doch der Apfelkuchen ausgezeichnet, und es liegt auf direktem Weg nach Hause.

Auf den 3-D-Werbebildschirmen läuft gerade eine Kurznachrichtenprojektion, zur Abwechslung – so können sie die Aufdringlichkeit der Werbeflächen im öffentlichen Raum als Teil des medialen Bildungsauftrags rechtfertigen, denkt sich Janes und bemüht sich auch bei diesen nicht genau hinzusehen, schließlich stellt er sich, wie jeder vernünftige Mensch heutzutage, seine Nachrichten lieber selbst im Netz zusammen. Die Schlagzeilen ploppen nicht viel anders auf als die Werbeüberschriften, zusätzlich versucht eine attraktive junge Stimme, sie einem zu verkaufen:

Kampf gegen Zika-Mücken-Plage: Ein neues Mittel zur Bekämpfung der mutierten Zika-Mücke befindet sich gerade in der letzten Testphase und wird in Kürze flächendeckend eingesetzt. Ein weiterer Schritt, um die Fehler der ersten Editionswelle auszugleichen. Dazu projizieren sie eine grauenerregende Nahaufnahme des Mückenkopfes, die wirkt, als würde eine Riesenstechmücke erbarmungslos auf einen zufliegen und mit ihrem gigantischen Stechrüssel aufspießen oder mit den Palpen und den haarigen Fühlern in alle Einzelteile zerfleischen. *Sind wir bald wieder Herr der Lage?*

Janes erinnert sich dunkel an die Anfangszeit der großflächigen Editierungsprojekte zurück, wie stark wir uns damals gefühlt haben, als Menschen – wir können alles abwenden, das uns bedroht, alles kontrollieren und formen nach unserem Willen, Krankheiten heilen, Schädlinge ausmerzen … Es war wie ein einziger kollektiver Rausch. So ähnlich muss es den Amerikanern mit der ersten Mondlandung gegangen sein. Kritische Stimmen hatten gewarnt, die Methode wäre noch nicht so weit, aber wer wollte schon auf die hören, umso vieles verlockender war die Vorstellung, weitere und präzisere Korrekturen an der Schöpfung vorzunehmen, und auch kaum jemand verstand wirklich etwas davon. Als die gesetzlichen Hürden fielen, sprossen die Projekte regelrecht aus dem Boden. Einer Erbkrankheit nach der anderen wurde der Kampf angesagt, den Epidemien, Malaria, Dengue, Zika-Virus, Schweine- und Vogelgrippe, FSME … HIV-Resistenzen wurden ins menschliche Genom geschnitten, widerstandsfähigere Nutztiere sollten Antibiotikaeinsätze obsolet machen, und ein Großkonzern optimierte seine transgenen Gemüsepflanzen und verpflanzte sie weiter über den gesamten Erdball. Die Sache mit der Zika-Mücke kann

Janes noch relativ detailliert wiedergeben, haben ihm doch damals die verwendeten Vokabeln in den Berichten ziemlich imponiert: Es wurde versucht, ein sogenanntes Todesgen über die editierten Männchen einzuschmuggeln, die das Gen durch die Paarung mit gesunden Weibchen an die nächste Generation übertragen, und zwar mittels Gene Drive, bei dem sich das auf dem einen Allel eingebrachte Gen auf das zweite ausbreitet und damit die Verteilung rasend schnell vor sich geht. Die gesamte nächste Mückengeneration würde so mit Sicherheit das editierte Killergen erben. Das war der Plan; und die Vorstellung davon hatte ihn auf eine unheimliche Art fasziniert, die Idee, eine ganze Spezies nahezu von heute auf morgen auszurotten. Manche haben es *Kill Switch* genannt, auch das weiß er noch. Wie war das? Man pflanzt ihnen etwas ein, das allein durch einen bestimmten Stoff überleben kann, der in der Natur so nicht vorkommt, nur im Labor erhält man sie damit am Leben und dann setzt man sie aus, die kleinen Todesbringer ihrer Art. Besser hätte es sich kein Science-Fiction-Autor ausmalen können, gespannt hat Janes täglich das Netz nach neuen Infos durchsucht. Bald aber traten die ersten Komplikationen auf. *Off-Target-Effekte*, hieß es, mit dem editierten Gen selbst lief alles glatt, doch die angeschnittenen daneben begannen ungewöhnlich zu reagieren, so etwa hat Janes es verstanden. Der anfängliche Schock und die Enttäuschung sind jedoch alsbald verflogen, man hat sich an die Berichte gewöhnt, an Erfolge und Misserfolge, Erneuerungen und Ankündigungen, sie überflogen, überscrollt schließlich, bis es nicht mehr aufgefallen ist, dass sie ganz ausblieben.

Neues Celebrity-Kuscheltier: Auch Hollywood-Sternchen Amala Johnson lässt nach ihr benanntes Haustier entwickeln. Die Projektion zeigt die strahlende Schauspielerin eine Art rosarotes, hamstergroßes Kätzchen zwischen ihre kaum bekleideten Brüste halten und es seinen Kopf daran reiben. *„Amalas" sollen ab März nächsten Jahres erhältlich sein. Sind die nicht süß?*

Videoblogger knacken Followerrekord: Der Vlog #we are all one hat mit 840 Millionen Followern einen neuen Weltrekord aufgestellt. Und täglich kommen neue hinzu. Das junge Pärchen Lilly und Bret lässt uns an der Edition ihres Babys teilhaben, das als erstes genetisch mitteleuropäisches Kind mit dunkler Hautfarbe auf die Welt kommen soll. Lilly und Bret sind zu sehen – zwei überdurchschnittlich attraktive Weiße – wie sie auf der Couch sitzen, in die Kamera grinsen, winken und posen. *Sie wollen ein Zeichen für die Vereinigung aller Menschen auf der Erde setzen. Und echt fun sind die beiden auch. Empfehlenswert!*

Familiengeschichte wird vererbt: Forscher haben den Schlüssel zur Erklärung epigenetischer Vererbung durch Methylierung geknackt. Es steht nun fest: All unsere Erlebnisse und ihre emotionalen Auswirkungen auf uns geben wir auch genetisch an die nächsten Generationen weiter. Auf der Projektionsfläche lachen, weinen, schreien Großeltern, Eltern und ihre Kinder, winden sich albtraumgeplagt in ihren Betten. *Vielleicht haben also auch Sie Ihre Glücksgefühle geerbt, Ihre Wutausbrüche oder Ihre Ängste in der Nacht!*

Janes traut seinen Sinnen nicht, taumelt ein paar Schritte weiter, lässt sich auf die nächste Bank fallen und greift wie ferngesteuert zu seinem Handy. Er sucht, er findet. Sofort stößt er auf die Schlagzeile: *Beleg für epigenetische Vererbung von emotional einschneidenden Lebensereignissen und Traumata erbracht.* Er wischt und klickt wie manisch, findet den Bericht in vielfacher Ausführung, von vertrauensvollen Quellen, mit Links zum Paper, zum Forschungszentrum. Es ist wirklich wahr! Seine Augen saugen die Informationen ein wie ein ausgehungertes Tier die erste Nahrung nach tagelanger Futtersuche. Ist das der Schlüssel, die Lösung für das Angsträtsel in ihm? War es also immer klar, dass er sich nicht werde entkommen können, seinem Vater, seinem Großvater nicht?

Schon länger ist bekannt, dass nicht, wie bisher angenommen, alle epigenetischen Marker in den menschlichen Keimzellen entfernt werden, sondern diese ebenso Teil von Vererbungsprozessen sind. Vereinfacht ausgedrückt: Das Verhalten der Eltern schreibt sich in bzw. über ihre Gene und prägt unweigerlich auch genetisch ihre leiblichen Kinder. Bisher wurden diese Effekte eindeutig für elter-

liches Ernährungsverhalten nachgewiesen, der Beleg für Auswirkungen emotional einschneidender Erlebnisse stand allerdings noch aus.

Janes liest weiter wie in manischer Gier, hangelt sich von Artikel zu Artikel.

Neben bereits wissenschaftlich gesicherter Existenz von emotionsbedingten, generationsübergreifenden epigenetischen Effekten, die während der Schwangerschaft auf das Kind und dessen Keimzellen übertragen werden, ist nun auch die epigenetische Vererbung von Traumata beim Menschen über den Vater erwiesen.

Die Details übersteigen rasch Janes' Aufnahmevermögen, sein beschränktes naturwissenschaftliches Verständnis.

*Epi(-genetik): altgr. ἐπί epi „dazu, außerdem, dar****über****"* – über meine Gene legt sich die Geschichte; und hab ich nicht immer gefühlt, dass diese Geschichte zu schwer auf mir liegt, denkt er, und immer schwerer ist sie geworden in den letzten Wochen, seit ihm die Aufzeichnungen seines Vaters das Leid der Familie offenbarten, dessen Ausmaß, all die Details.

Er irrt weiter durch den Informationsfluss auf seinem Bildschirm. … *fetale Programmierung … jetzt auch Versuche zeigen verstärkte …* Janes scannt die Stichworte, als könnte er keine zusammenhängenden Sätze erfassen. Immer wieder greift er doch ganze Passagen auf, bis sie ihm entgleiten, plötzlich kehrtmachen und ihn von hinten erschlagen. … *Methylierung Serotonin-Transport verantwortlich weniger Transportzellen gebildet Angst Depressionen kontinuierlicher Stress Hippocampus Emotionszentrum* ***Gene haben ein Gedächtnis.*** *wird das Gen ausgeschaltet. Kohlenstoffatom und drei Wasserstoffatomen. und zwar nicht wie von einigen Forschern angenommen mittels Histonmodifikationen oder RNA-Molekülen, sondern der sog. Methylierung. Das sind chemische Veränderungen in der DNA. Prof. Roberts im Interview: Bedeutet die genaue Identifizierung des Mechanismus, dass er mittels Genschere behoben werden kann? Tendenziell lässt sich ein entschlüsselter Mechanismus heute einwandfrei schneiden und gerade die Methylierungen lassen sich mittlerweile ausgezeichnet. Aktivität von Genen an DNA-Base Cytosin geknüpft Stummschaltung DNA-Abschnitt Gen abgelesen Proteine übersetzt Modifikation Teil des epigenetischen Codes einer Zelle.*

Janes hält inne, starrt einen Moment lang überfordert auf sein Handydisplay. Alle Zeichen sind zu einer grauen Masse verschmolzen, er hat genug gelesen. Jetzt ergibt alles Sinn. Er beginnt zu laufen, pumpt alle verfügbare Energie in seine Beine und gibt, was sein untrainierter Körper hergeben kann. An den Flaneuren rennt er vorbei, als müsste er dringend weiter, um seine Haut zu retten. Obwohl es nichts zu retten gibt.

Doch die Neurotransmitter tragen ihn nicht ganz bis nachhaus. Keuchend stoppt Janes an einer Straßenecke, hält sich an einem Zaun fest, sinkt in die Hocke. Der Körper erzwingt seine Ruhe, seine Lungen saugen die Luft ein, als würde sie bald knapp. Allmählich wird Janes seiner Umgebung gewahr, hört Musik, Rufe dazwischen, er sieht sich um.

Wenige Meter von ihm entfernt haben ein paar Jugendliche ein kleines Protestlager aufgebaut. Sie sitzen neben selbstgebastelten Schildern, einem behelfsmäßigen Zelt aus Tüchern und singen zu Akustikgitarren ihre Lieder; die Stimmen sind krächzend, punkstilistisch gewollt. Manche Dinge ändern sich nie, denkt sich Janes, immer trinken an irgendeiner Straßenecke ein paar Anarchistenteens ihr Rebellionsbier. Auch er stand einmal protestierend auf der Straße, bis die Sachzwänge der Vernunft ihn wieder an den Schreibtisch zurückholten. Schließlich findet man sich damit ab, dass die Welt nicht so ist, wie man sie haben will. Die Revolution werde schon noch kommen. Und bis sie kommt, gibt es gute Bücher zu lesen. Dann sieht Janes genauer hin – sogar Kinder sind darunter! –, betrachtet die kahlgeschorenen jungen Köpfe auf den großen, schlanken, weißen Körpern, die Sonnenbrillen, hinter denen sie ihre Augen verbergen, jetzt erst hört er tatsächlich hin. Ein Junge spielt Gitarre und singt dazu, zwei Mädchen sitzen daneben und bringen immer wieder Sprechchoreinlagen ein: *Wieso dürfen die das? Herr Doktor, Herr Doktor! Warum dürft ihr das?*

Mama und Papa haben meinen Körper gekauft ... lautet der Refrain des Liedes, nicht alle Textzeilen der Strophen kann Janes zur Gänze verstehen. Etwas wie: *Form mich nicht nach deinem Scheiß-Bild, Papa, behalt ihn dir, deinen Schönheitstrend ... wir haben nicht entschieden, wir haben nicht entschieden, ein Produkt zu sein ...* Dazwischen schreien immer wieder die beiden Mädchen über die Stimme des Hauptsängers. *Wir sind nicht euer Scheiß-Eigentum! Wer gibt euch das Recht?* Bis der Junge zum dramatischen Finale ausholt: *Und sagt mal, was kommt noch? Was kommt noch was kommt noch?*

Jahrzehnt für Jahrzehnt singen die immergleichen Punkkinder von Arbeits- und Systemverweigerung, Globalisierungs-, Kapitalismus- und Konsumkritik, man könnte einstimmen und kennte den Text. Diesmal nicht ganz, denkt Janes, die hier haben ihre eigene Agenda. Was einst in irgendeinem Labor mit dem Skinbow-Zebrafisch als Experiment zur Erforschung von Hautzellenerneuerung begonnen hat, befindet sich nun als Schönheitsmal der Privilegierten im menschlichen Erbgut. Und versteckt sich hier hinter dunklen Gläsern. Das Lager dort, die Brillen, die Glatze, das ist die Verweigerung ihrer Gene. Doch denen entkommt man nicht, sagt sich Janes und führt seinen Weg nachhause fort; er hat es nicht mehr weit. Dort genießt Mara wahrscheinlich auf der Couch lesend ihren freien Tag.

Schließlich erreicht er seine Straße, das Haus, die Treppe, den Flur, rammt dort die geparkten Nachbarskinderwagen; sein Kopf läuft den Beinen davon. Die Fingerkuppen huschen über den Scanner, Janes stürzt zur Tür herein, ruft aus in einer Dringlichkeit – beängstigend: „Mara!"

Die springt überrascht vom Sofa hoch, lässt dabei ihre Projektionsbrille zu Boden fallen.

Abrupt steht er völlig ruhig vor ihr im Raum: „Jetzt ergibt alles Sinn."

Maras Nacht

Eine Ratte hängt von einem Baum, sie baumelt an einem Strick herunter, frisch ist sie, sie zappelt noch. Ein Westernbild, aber die Landschaft passt nicht. Der Wind heult trotzdem und die Botschaft ist klar. Hier sind sie schon gewesen und sie ziehen weiter. Erfolgreich wie immer. Eine dunkle Männerhorde grast die Straße ab. Ganz vorne in der Reihe geht Großvater mit euphorischem Grinsen, jagdberauscht, postorgiastisch und immer noch geil. Er scannt alles ab, er hat den Blick dafür. Für die besten Ecken, Schlupflöcher hinter Abdeckungen, ganze Räume unter Dielen oder hinter Schränken, geheime Dachkammern, Kellerbunker und Heuschober, er hat alles schon gehabt. Sie nennen ihn nur den Rattenfänger; er zieht von Dorf zu Dorf. Und er findet sie alle. Um ihr Leben kauernd, den Atem anhaltend vor Angst. Es hilft nichts. Eine kleine Gruppe Gefolgsleute führt er an, gierig nach fremdem Blut, ihn bewundernd für seinen Blick.

Oder treu bei ihm, weil es so die größte Ausbeute für sie gibt. An Beifall und Blut. Wie Helden ziehen sie durchs Land, bejubelt, respektiert oder gefürchtet. Großvater pfeift vergnügt, die anderen stimmen ein, sie schwingen die Gewehre im Takt. Jung und unschuldig strahlt dabei sein Sommersprossengesicht, voller Sportsgeist und Elan. Haus für Haus klappern sie ab, sie reinigen die Straße. Die Nase dafür hat er auch, der Großvater, er erschnuppert den Angstschweiß, der Ratten oder der Verstecker. Nie verfehlt, ja, kein einziges Mal noch war er geleitet von falschem Verdacht. So erzählt man's sich, ich weiß. Von weitem schon hört man die Schritte, hört das Pfeifen. Ein Junge läuft voraus und ruft begeistert: „Der Rattenfänger kommt! Der Rattenfänger!" Doch alle wissen's längst – und wer hat eine versteckt, wer weiß was, na dann lauf lauf lauf! Sie sind da. Nehmen die nächste Schwelle, klopfen höflich an die Tür. Alle öffnen, keiner wagt zu zögern. Der Rattenfänger wartet nicht.

Ein alter Mann macht Platz, kleinlaut und gebückt. Sie treten ein. Das Spiel beginnt, Großvaters Spiel, er ist am Zug. Er schaltet seinen Radar ein, die Truppe folgt ihm ehrfürchtig. Da ist ein Großer mit Holzfällerstatur und -bart, ein Junger in klassischer Jägertracht mit treuen Kulleraugen, aber gemeinem Grinsen auf den viel zu schmalen Lippen, weiter ein dürrer Blonder mit großer Narbe über dem rechten Auge und Messertaschen an den meisten

Stellen seines Körpers sowie ein kleiner Dicker, dem die Blutgier schon aus den Mundwinkeln sabbert und der unaufhörlich wie ein nervöses Kind mit dem Fingernagel an seinem Gewehrabzug klackert. Großvater sieht sich in der Stube um, genießt die Stille um sich – seine Stille –, blickt prüfend auf den Boden, achtet auf den Ton seiner Schritte darauf, klopft gegen die Wände, alle Schränke im Raum – die Klassiker. Er sucht nach Unregelmäßigkeiten verglichen mit dem Grundriss, den er mental vor sich hat, als hätte er vor dem Eintreten schon das Haus von oben abfotografiert und analytisch in seine Bau- und Plansubstanz zerlegt. Dann sieht er die Wände zittern, fühlt die Ziegel erschaudern. Das Haus fürchtet sich. Es ist schuldig, das ist klar. Ein Versteckerhaus, nur wo, wo? Den nächsten Raum sucht er ab, nach dem Üblichen, die Gruppe folgt zähnefletschend. Der alte Mann sitzt indes zitternd in der Küche, wartet auf sein Urteil oder doch das bisschen unverhoffte Glück, eine Teetasse zwischen den unruhigen Händen. Besser nicht zusehen.

Wo wo wo? Großvater wird sie finden, er weiß – ich weiß, die Ratten. Zimmer um Zimmer durchforstet er, sein Puls wird schneller und schneller, er wird ganz aufgeregt vor Spannung, umso mehr, da es diesmal gerade eben nicht der Klassiker ist, gutes Spiel. Der Blonde mit der Narbe jedoch wird ungeduldig, auch der Dicke kann sich gar nicht mehr beherrschen, sie werfen Sofas um, heben das Bett in die Höhe. „Schhhh!", mahnt Großvater, winkt sie zurück. Hier ist nichts zu holen!, sagt auch der Radar, und sie gehen hinaus in den Garten. Seine Jungs schwärmen wie Spürhunde in alle Richtungen aus, in jeden Busch zu kriechen, die Hecken zu durchforsten, den Schuppen zu inspizieren und das hohe Gras zu knicken. Großvater aber zieht es in eine andere Ecke. Seine Nadel schlägt aus. Er packt einen Spaten, der an der Hausmauer lehnt, und geht zielgerichtet auf den Komposthaufen zu. Mit einem Schwung sticht er hinein in die auffallend lockere Erde, hebt sie euphorisch beiseite. Auf den zweiten Blick ragt ein dicker Halm auf der Rückseite des Haufens bis an die Oberfläche, ein Schnorchel, ein Indiz. Und noch eine Schaufel und noch eine. Bis ein Ohr aus dem Humus hervortritt, hell hebt sie sich ab, die Haut vom dunklen Braun. Ich hab dich! Ich hab dich. Großvater senkt zufrieden den Spaten, streift seine Haare nach hinten. Er pfeift. Pfeift eine Marschmelodie. Seine Bande spitzt die Ohren, wie auf Knopfdruck hetzen sie zu ihm. Der Große mit dem Holzfällerbart greift sofort zur Schaufel, legt den Kopf frei und der Rest stürzt sich auf die Ratte. Heben sie aus, heben sie hoch. Der alte Mann zuckt in der Küche. Er hört die Schüsse. Der Verstecker, Verräter, er wird der Nächste sein.

„Warum jagst du denn die Ratten?" Großvater taucht mich an, die Schaukel schwingt höher hinaus. Der Boden rast vorüber, bald kann ich den Baum vor mir greifen. „Liegt halt hoch im Trend seit ein paar Jahren. Für tote Ratten bekommt man den meisten Applaus“, hör ich ihn dumpf hinter mir und strecke mich nach dem nächsten Blatt. „Dabei hab ich gar nichts gegen Ratten“, sagt er, „es ist im Grunde ganz egal, wen man jagt.“ Schon bin ich dran vorbei. Er schubst mich erneut, ich werde schneller. „Aber tun dir denn die Ratten gar nicht leid?“ Fest umklammere ich die Seile. „Ich entscheide ja nicht, wer sich verstecken muss heutzutage. Mach ich's nicht, wird's jemand andrer machen. Die Ratten sind verloren.“ Wieder strecke ich mich, so weit ich kann. Gleich gleich gleich bin ich da. „Aber keiner ist so gut wie du, Großvater.“ Kurz berühren meine Fingerkuppen das Blatt. „Vielleicht kämen ein paar davon.“ Schon zieht es mich wieder nach hinten. „Jeder hat seinen Platz in der Kette“, darauf er und packt die Schaukel wieder, doch zieht sie abrupt zu sich und hält sie, anstatt sie loszuschicken. Beinahe falle ich nach vorne. „Und ich bin ein verlässliches Glied.“ Aber ich halte mich gerade noch.

Dann sehe ich Großvater auf der Wiese umhertollen, er jagt einen Schmetterling. Ich zoome heran, komm ganz zu ihm. Er sieht aus wie auf den Bildern, jung, fast noch ein Kind. Er lacht, lässt sich ins Gras fallen, erspäht einen Stock, krabbelt auf allen vieren zu ihm hin und hebt ihn hoch in die Sonne. Gleich springt er auf und kämpft wie wild mit seinem Schwertstock gegen Luftfeinde. Sie wollen fliehen, er aber läuft ihnen nach, er jagt sie, die Waffen schwingend, bis in den Schuppen.

Dort hat er die Schlacht schnell vergessen und springt vergnügt ins Heu. Übermütig stürzt er sich wieder und wieder hinein, gluckst vor Lachen und wirbelt alles durcheinander, schaufelt etwas Heu auf seine Arme, wirft es in die Höh' und schaut ihm beim Niedersegeln zu. Dann nimmt er ein paar Schritte Anlauf und springt in einen großen Haufen, bleibt liegen, starrt an die Decke und lauscht den Fliegen. Sonst ist es still und ich seh ihm zu.

Ein Laut ertönt, Großvater fährt hoch, blickt sich um. Ein Magenknurren vom andern Ende des Schuppens? Er geht der Geräuschrichtung nach, das Schwert wieder fest in der Hand. Und da sieht er etwas, tritt näher heran. Eine Ratte kauert im dunklen Eck, die Beine zugedeckt mit Heu. Einen Moment lang starren sie einander fassungslos an, Großvater und die Ratte. Dann hebt sie vorsichtig ihre Kralle vor's Maul, „Pschhht!", und senkt sie bedächtig wieder, blickt Großvater eindringlich an, flehend. „Bitte!" Und Großvater dreht sich um, läuft los, hinaus auf die Wiese, stolpert fast über seine eigenen Beine, und weiter bis zur Straße, zum nächsten Haus. „Ratte! Ratte!" Er läuft und schreit es wie am Spieß. Das ist das Signalwort. Die Männer beamen sich scheinbar aus ihren Häusern, plötzlich stehen sie alle da, die Gewehre bereit, und stellen sich vor

Großvater auf. „Wo?“ Er zeigt auf den Schuppen. Sie marschieren los, in geübter Jagdformation. Dann schießen sie, schreien und jubeln, tragen stolz die Beute über die Wiese zum Dorfhauptplatz – das Blut zeichnet eine Linie ins Gras. Großvater nehmen sie mit, klopfen ihm anerkennend auf die Schulter. „Guter Junge!“ Ich seh's, ich spür's, das Klopfen auf der Haut. Sein erster Fang.

Früh also hat er damit angefangen. Das ist alles, was er kann. Und wie er's kann! Die Jagdtruppe zieht weiter durch die Straße, begleitet vom Jubel der Schaulustigen. Sie haben die tote Beute als Zeichen ihres Erfolgs vor das letzte Haus auf den Straßenrand gelegt, dort sollen die Fliegen sie fressen und die Botschaft ins Land hinaustragen. Es gibt kein Entkommen. Die Nächsten öffnen wieder bereitwillig ihre Tür, doch nicht nur das, begeistert führen sie den Rattenfänger und seine Meute durch ihr Heim, verweisen stolz auf jeden Winkel. Großvater riecht schnell, dass sie hier nur ihre Zeit verschwenden. Aber die Fremden bieten Wurst und Brot und Kuchen an mit kühlem, süßem Apfelmost, dazu sagen sie nicht Nein. Eine Weile also bleiben sie und stärken sich. Aus purem Voyeurismus geht der Dicke indes im Schlafzimmer die Schränke durch, auf der Suche nach der Spitzenunterwäsche, während der Junge in der Truppe die Augen nicht vom Hinterteil der Ehefrau lassen kann und sich noch zweimal durchs Haus führen lässt. Die anderen mampfen wie halbverhungerte Schweine die vom Ehemann servierte Jause. Kein Schmatzen, Rülpsen, Furzen wird ausgelassen, kein Verschütten, Bröseln und Butter auf das Tischtuch Schmieren. Ihre Gesichter verziehen sich zu absurden Fratzen, nun wilde Bestien eher als Menschen. So wird das Malmen ihrer Zähne bedrohlich und das Fleisch, das sie schneiden, um es sich aufs Brot zu legen, erwacht wieder zum Leben. Es bewegt sich, entkocht und beginnt zu bluten. Dem Blonden rinnt das Blut aus den Winkeln seines Mauls das Kinn entlang, tropft herunter, spritzt über den Tisch und färbt dunkel das frischgebügelte Weiß. Dann steht Großvater auf und erklärt das Haus für rattenfrei, als würde er es segnen. Darauf schrumpft seine Truppe wie auf Kommando in ihre Menschlichkeit zurück und das Fleisch auf dem Teller erstirbt erneut. Erstaunlich ruhig wirkt nun jede Bewegung – Menschen kommen mir komisch vor. Und sie verlassen das fremde Heim, gehen zum nächsten.

Auch dort werden sie bereitwillig hereingelassen, die Eingangstür knarzt wie die Knochen der zwei Greise. Drei Generationen reihen sich vor Großvater auf. Das alte Paar mit ihren beiden erwachsenen Töchtern: Die jüngere hält zwei kleine Kinder fest an sich gepresst, die ältere indes blickt einsam und leer. Die beiden Alten sind betont freundlich, sprechen übers Wetter, öffnen alle Türen. Die Skepsis aber liegt in der Luft. Der Rest der

Familie lächelt starr, wagt sich kaum zu rühren. Großvater lässt seine Truppe diesmal selbstständig die Klassiker absuchen, sich hier keinen Treffer davon versprechend, er nämlich empfängt ganz widersprüchliche Signale. Seine Jungs lassen sich täuschen, von diesem tristen, engen Kleinbürgerleben. Die hier werden nichts riskieren! Und ungeduldig nach der nächsten Ratte lechzend, möchten sie schon weiterziehen, Großvaters Radar aber schlägt plötzlich aus. Gleich zieht es ihn weiter ins Haus hinein, auf den Dachboden hinauf. Schon steigt er die schmale Leiter hoch in den dunklen Moder. Es riecht nach Staub, altem Holz und Mottenkugeln, der einzige Lichtstrahl dringt durch eine kleine Luke am anderen Ende des Raums. Die kleine Kammer ist mit allerlei Gerümpel vollgestellt, nichts wirkt groß genug für ein Versteck. Aber es ist hier, muss hier sein, er weiß es. Die Dachkonstruktion schließt weitere verbaute Räume aus, Großvater geht ratlos umher, lauscht in sich hinein. Der Boden knarrt unter seinen Schritten, der Wind heult ums Dach. Er scannt, eher wahllos als systematisch wie sonst. Diesmal kann er nirgends ansetzen. Eine weiße Kommode steht in der Ecke, in einer Kiste liegen Puppen, Mädchenkleider in der nächsten, Fotoalben und Kinderbücher. Er stapft durch die Familiengeschichte, fühlt sein Weltbild unter ihm wanken. Ob er doch irrt diesmal, selbst er einmal fehlen kann? Er stolpert, tritt auf einen eingerollten Teppich.

Und der ist ungewöhnlich unnachgiebig trotz seiner vermeintlich hohlen Mitte, denkt Großvater, so klein aber, so schmal? Er stürzt zu Boden und zieht fest am lockeren Ende, den Teppich zu entrollen. Etwas purzelt heraus. Ich hab dich! Ich hab dich.

Es ist ein Kind. Ein Kind und eine halbe Ratte nur. Aber das ist genug. Großvater pfeift nach seinen Männern. Sie packen es und tragen das Halbrattenmädchen hinaus auf die Straße, es rührt sich kaum, macht keinen Mucks. Die ältere Tochter im Haus jedoch schreit, ein Schrei so furchterregend, er könnte direkt aus der Hölle stammen. Der Blonde hält im Siegeszug kurz inne und spuckt ihr ins Gesicht. Draußen fällt der Schuss.

Großvater nimmt mich auf den Schoß, seine Gesichtshaut liegt in Dörrobstfalten, er ist so alt, dass ich gar keinen Begriff dafür habe, keine Vorstellung. Wie lang ist ein Leben? „Großvater, stirbst du bald?“ Starr blickt er mich an, bleibt stumm. „Großvater, Großvater, warum hast du so große Augen?“ Auch die nächste Antwort bleibt er schuldig. Er legt seine Hände um meinen Bauch, sie sind schwarz und ledrig. „Großvater, Großvater, warum hast du so schmutzige Hände?“ Da lacht er plötzlich auf: „Na, und was ist mit dir?“ Irritiert schaue ich auf meine Handflächen hinunter, dunkelbraun krustet sich der Schmutz. Sie sind ganz damit übersät. Ich springe auf, stürze hinaus. Und Großvater lacht, er lacht mir laut nach. Ich laufe zum

Waschbecken, versuche mir den Dreck abzuwaschen. Ich schrubbe. Ich schrubbe und schrubbe. Er bleibt haften; ist meine Haut geworden.

Weiß

Ihr erster Blick sucht seinen Weg durch den Nebel, grell scheint das Licht dahinter. Susannes Augen schmerzen, zu viel Weiß folgt auf all das Schwarz. Nichts ergibt mehr Sinn. Dazwischen erkennt sie ein paar Farben – in Bewegung – Haut und Haar, und immer schärfer werden die Konturen, Geräte, Gemurmel, ihre Herzrate piepst. Das Krankenhausneon liegt nun klar über ihr, aber regen kann sie sich nicht. Eine Schwester huscht in ihrem Augenwinkel vorüber. Was ist passiert? Susanne versucht zu sprechen, stammelt angestrengt, presst erste Laute aus sich. Immer kräftiger wird ihre Stimme, lauter, bestimmter, Susanne sucht Antworten. „Was ist passiert? Was ist mit mir?" Sie hört Rumoren, Stimmen, Schritte näherkommen. Eine Schwester bückt sich über sie, milde versucht sie Beruhigung zu lächeln. „Sie sind im Krankenhaus. Es geht Ihnen gut."

„Das Kind?" In Susannes Tonfall liegt der mögliche Schrecken schon vorweggenommen. Reibungslos kontrolliert sie nun wieder ihre Sprache und verbissen erarbeitet sie sich weiter ihre Orientierung in der Welt. Da sind all die Nerven, die wieder registriert, all die Muskeln in ihr, die wiedererweckt werden müssen und verbunden zu einem funktionsfähigen Ganzen. Allmählich weicht die Lähmung aus ihrem Körper, sogleich jedoch fühlt sie, dass etwas fehlt. Ein diffuser Schmerz im Unterleib kommt auf, ein Ziehen, ein leichtes Rinnen aus ihr. Sie will den Kopf heben, will ihren Bauch sehen. Doch die Schwester drückt sie behutsam, aber bestimmt mit der Handfläche auf ihrer Brust in das Kissen zurück.

„Ich muss Ihnen leider mitteilen, dass Sie Ihr Baby verloren haben. Da war nichts mehr zu retten." Die Schwesternstimme ist merkbar bemüht um eine Art Wärme, und doch kann sie ihre professionelle Abgeklärtheit nicht verbergen; darüber hinaus die erlebte Gewissheit: nichts hilft.

Susanne schreit auf: „Das Kind, das Kind!"

Die Krankenschwester hindert sie daran aufzuspringen. „Beruhigen Sie sich, Sie müssen sich noch schonen."

Ein Stich fährt in Susannes Leib, ein Schwertstoß, ein Aufprall, etwas. Perverser Schmerz. Sie schnappt heftig nach Luft, reißt ihren Kopf hin und her. „Nein, nein. Neinneinnein!" Die Schwester versucht, sie weiter sanft zu halten. Susanne stockt kurz, drückt ihren Torso nach vorne. „Hanno!" Der Widerstand schiebt sie zurück. „Haben Sie Hanno–, mein Partner, weiß er schon –?"

„Keine Sorge, Ihr Partner sitzt im Wartezimmer."

Susanne versucht aufzustehen, sich gegen die fremde Hand, gegen die Schwäche mit den Armen nach oben zu stemmen, sich nur irgendwie aus diesem Krankenbett zu befreien, aus diesem Moment.

„Sie bleiben liegen!" Die Schwester ist stärker. „Sie bluten noch. Und keine Anstrengung! Wir holen ihn gleich herein, nachdem die Frau Doktor das Okay gegeben hat."

Susanne lässt sich fallen, alles; sie sinkt tief ins Bett.

Die Hand der Schwester lässt von ihr ab, klopft davor noch kurz aufmunternd gegen ihre Schulter. „Das erscheint Ihnen jetzt alles furchtbar, ganz klar. Aber glauben Sie mir, das ist nicht das Ende der Welt. Es heilt; sie sind ganz schnell wieder auf dem Dampfer. Und irgendwann lassen Sie sich ein Neues editieren."

Susanne wendet den Blick ab, richtet ihn starr auf das Weiß des Bodens und die grauen Schlieren darin. „Dafür haben wir kein Geld."

#we are all one. Vlog. Es liegt in eurer Hand!

Hey, hi und hallo! *Lilly und Bret liegen auf dem Teppich, sie hält die Kamera so von sich weggestreckt, dass gerade ihre Köpfe zu sehen sind. Lilly seufzt demonstrativ ein lautes* „Puh“ *und schüttelt leicht ihr Haar.* Wir haben uns ganz schön den Kopf zerhämmert die letzten Tage. Bei uns gab's wirklich nichts andres. Nur: Wie soll er heißen? Wie nennen wir unsern Sohn? *Sie fasst sich zur Fragepose an Kinn und Wange.* Welcher Name könnte denn dieser großen Aufgabe gerecht werden? Und wir haben Vorschläge gesammelt. *Sie beginnt mit der freien Hand ausladend zu gestikulieren.* Unser ganzer Bekanntenkreis hat mitdiskutiert! – und ich hab recherchiert in allen möglichen Sprachen und geschichtlichen Figuren und und und. Ihr könnt euch das sicher vorstellen.

Lillys Augen waren schon ganz rot vom vielen Lesen. *Bret küsst sie umsorgend auf die Wange.*

Sie lächelt mit Schmollmund, nickend. Oh ja. *Dann*

blickt sie wieder in die Kamera und legt die Hand aufs Herz. Da haben wir total gefühlt, wie viel Verantwortung wir jetzt tragen durch dieses Projekt.

Unser Lebensprojekt! *Er zieht die Worte lang und nickt dazu bedächtig.*

Lilly hingegen wird immer schneller: Also da gab's ein langes Hin und Her und ich hab echt schon angefangen, mir Sorgen zu machen. Was, wenn es den richtigen Namen gar nicht gibt? Oder wir uns für den falschen entscheiden? Ich kann mir Sachen manchmal echt zu Herzen nehmen, müsst ihr wissen.

Er grinst. Das kann sie, das könnt ihr mir glauben.

Dabei lässt sie ihren Redefluss kaum unterbrechen. Am Ende sind wir jedenfalls zu dem Schluss gekommen: Wir können das UNMÖGLICH alleine entscheiden! Das ist zu groß für uns, hab ich gesagt, das wiegt zu schwer. *Sie seufzt erneut laut aus.*

Bret steht auf, nimmt Lilly bei der Hand und zieht sie hoch. Sie platziert die Kamera. Die beiden sind ganz im Bild, Bret posiert breitbeinig. Wir machen eine Abstimmung! Beinhart – so hab ich's vorgeschlagen –, wir legen es in EURE Hände! *Er macht eine Zeigegeste in die Kamera und kneift sein rechtes Auge bedeutsam zu.*

Genau, ihr seid gefragt, ihr alle da draußen, aus allen Ecken und Enden der Welt … über die wir uns täglich SO freuen. *Lilly zappelt aufgeregt und setzt dabei ihr schönstes*

Lächeln auf. Ja, wir freuen uns wirklich über JEDE und JEDEN, und zwar JEDEN Tag freuen wir uns. Das können wir jetzt auch mal sagen, das ist wirklich an der Zeit. *Erneut gefolgt von ihrem Hand-aufs-Herz-Klassiker.* Es ist schön, dass ihr dabei seid!

Danke, ja. *Dabei blickt er ehrlich dankbar.* Das ist wirklich wichtig, für die ganze Welt ist das wichtig.

Sie ruft begeistert, ihre Stimme schlägt nach oben aus: Ihr seid super, Leute! *Einen Moment lässt sie den Satz mit einem breiten Lächeln ausklingen, dann klatscht sie in die Hände.* Gut, zur Abstimmung. Wir haben eine Auswahl zusammengestellt, und damit sind wir am Ende wieder dort gelandet, wo wir angefangen haben. Unsere ersten Ideen waren tatsächlich die besten. So ein Symbol muss schließlich auch eingängig sein und sofort für jeden verständlich.

Klar, einfach, gut, haben wir gedacht. *Er schnalzt mit der Zunge.*

Lilly hat ihre Hände vor der Brust gefaltet und öffnet sie nun Richtung Kamera gestreckt. Aber das letzte Wort habt ihr. Und zur Wahl stehen … Jetzt kommt's … Trommelwirbel! *Mit einem Wink schickt sie Bret, auf der afrikanischen Buschtrommel eine Art Spannungswirbel zu schlagen. Danach verkündet sie die Namen mit tiefer Stimme und lasziv anmutender Betonung.* PEACE, WORLD, EARTH, CHANGE und ONE! *Gleichzeitig erscheinen die Wörter in golden schimmerndem Schriftzug.*

Macht mit, stimmt ab und folgt dem Link! *Er zeigt mit seinen Zeigefingern hin- und herzuckend schräg nach unten, als wären sie zwei blinkende Pfeile. Ein Link wird eingeblendet. www.we-r-all-one.com/name.*

Halbernst erhebt sie mahnend den Zeigefinger. Aber überlegt es euch gut.

Bret spricht andächtig. Es liegt jetzt alles in eurer Hand! *Kurz hält er inne.* Zur Inspiration für die Entscheidung zeigen wir euch, wie wir heute Zeugen der ersten Anzeichen unseres Wunders geworden sind.

Lillys Augen funkeln. Das war so ein Geschichtsbücher-Moment!

Nun wieder ganz locker, formt Bret eine seiner Retro-Gesten in die Kamera, diesmal wackelt er mit gestrecktem Daumen und kleinem Finger. Zieht's euch rein, staunt mit!

Schnitt. Lilly liegt auf einer Liege, ihr Bauch ist freigelegt, der Doktor fährt mit einem kugelartigen Gerätearm darüber. Bret sitzt daneben und hält ihre Hand. Alle drei tragen Projektionsbrillen und Kopfhörer. Starr und fasziniert blickt das Paar hinein.

Stumm zunächst, dann findet Lilly die ersten Worte: Wow, das is so – einmalig!

Ich weiß gar nicht, was ich – *Bret schüttelt fassungslos den Kopf.*

Jetzt strahlt sie stolz: Man kann eigentlich gar nichts sagen.

Einen Moment lang wird es still. Dann Lilly in Voiceover: Hört euch das an!

Bret ergänzt: Der Apparat hat's für uns aufgenommen.

Die Szene wird langsam aus- und die Aufnahme des Embryos eingeblendet. Diese ist so detailgetreu und unmittelbar, als würde Lillys Bauchdecke aufgeschnitten und für einen kurzen Blick hinein hochgehoben. Er bewegt sich leicht. Ein Herzklopfen ist zu hören.

Lilly spricht sanft weiter über das Bild: Es hat ein Herz jetzt, und es schlägt ganz für uns.

Und Bret feierlich: Es schlägt für euch!

Ein paar Sekunden Herzschlag noch, dann Stille und Black.

Janes' Nacht

Ein Stiefelchor hallt das Kopfsteinpflaster entlang, Stein um Stein um Schritt. Dazwischen Stille, innehalten, suchen; stoppt das Militär, hält auch der Rest der Welt den Atem an und lässt stillschweigend den Scan über sich ergehen – wer nun richtig ist und wer falsch, vogelfrei. So manche zivile Blicke helfen fleißig mit und vervollständigen den Apparat. Brüder, auf dass uns keiner entgeht! So höre ich sie denken, sie denken es in die Luft. Pflichtbewusst marschieren die Stiefel voran, klacken und klacken jedes Pflaster ab und weiter den gesamten Asphalt dieser Stadt. In der nächsten passiert es simultan. Auch das weiß ich irgendwie. Die Straße ist ein Jagdgebiet, offenes Feld, ein paar müssen die Hasen spielen – kleine, wilde, leicht erlegbare Tiere –, und der Rest ist hungrig, ja, alle sind sie hungrig wie noch nie. Und Opa ist ein Hase, plötzlich muss er ein Hase sein.

Die entfesselte Gier wirft ihr Echo bis in die hintersten

Winkel, die letzte versteckte Häuserecke – bis wir euch finden, wir finden euch! Und an jeder dieser Ecken drängt sich einer im Schatten an die Wand, man hört die Herzen klopfen vor Angst. Bumm, bumm. Ich bin mittendrin. Ich hör den Angstherzrhythmus und die Terrorgedanken, untermalt von der Regelmäßigkeit der Marschmelodie, dazwischen mischt sich Rufen, Laufen, wirres Durcheinander, dann haben sie einen und der hält sich nicht lange. Auf den Boden gestoßen wird er, niedergedrückt, nach Brauchbarem durchsucht. Das feinere Hemd wird beschlagnahmt, die besseren Schuhe, Portemonnaie und Uhr, auch die Jacke ist schön weich und warm. Dann spielen sie ein wenig. Wie sich das so anfühlt, wenn man auch mal auf etwas einschlagen darf und ein bisschen schubsen, so lustig drauflos und bespucken ein Gesicht, es besudeln mit dem jubelnden Clan. Wie es sich lacht dabei, wenn man ein Leben tritt und tritt und heraustritt aus so einem dreckigen Leib. Mit dem Nächsten halten sie sich nicht lange auf, an die Wand gestellt, auf die Erde gedrückt wird er totgemacht, präziser Messerstich, und weiter. Kurzer Jubel, klack klack klack. Zwischendurch ein Lied für die Moral, laut grölend zum Takt der Stiefelschritte. Und die Moral ist hier zweifelsfrei gesichert, ja unhinterfragbar schwebt die große Rechtfertigung über der blinden Wut, auf dass man nachts gut schlafen kann nach Stunden des Schlachtens. Vielleicht erst jetzt endlich wieder schlafen kann. Ausgleichende Gerechtigkeit, nennen sie's. Vergeltung, alles verdient, lautet das große Murmeln – ich hör's unentwegt –, das über allem, ganz oben in der Atmosphäre hängt. Das ist nun mal so im Krieg, danach oder davor. Das ist nun mal so. Ich verstehe kein Wort. Aber Opa versteht, er versteht nur zu gut.

Da hilft nur eines: Wind sein, Schattenbrise. Aber wie wie sich ablegen, sich auflösen, einer von ihnen sein? Das ist die Frage der Stunde, jeder Stunde von nun an, bis man seine falsche Haut über die Grenze gebracht hat. Und über die Grenze muss er kommen, der Opa, damit mein Vater gezeugt werden kann, im ersten Anflug von Frieden, damit ich dann sein kann irgendwann. Dafür muss man sich jetzt einebnen in die erlaubten Massen, den Augen entwischen, die prüfen, die entscheiden, über Vorwärtskommen, Fortbestehen. Ja, die Menge kann dich wohl besser decken als der Schatten in den Ecken, denkt Opa; ein Glück nur, dass da früher Großtante Alma gewesen ist, weit entfernt, aber doch irgendwie verwandt – wen kümmert das als Kind –, die oft zu Besuch kam, beleibt und schrullig und herzlich wie sie war, bestückt mit frischem Obst und dem Dialekt vom Land. Von der anderen Hälfte der Bevölkerung kam sie in die Familie, das aber war zu jener Zeit noch kein Problem, erzählt Opa mir. Natürlich kann man heiraten, lieben, Gene vermischen, Blut, beleben wir doch alle das gleiche Stück Land. Natürlich, konnte man. Dann sind sie gemeinsam vor dem Haus gesessen, haben die urigsten Ausdrücke über die Lippen rollen und zischen lassen – so fremd so wild so unmittelbar so schön –, süß verschmiert von Trauben, Kirschen, Zwetschgen, Marillen. Ich seh es vor mir. Stolz und zufrieden legen sich die Blicke der Großtante auf den kleinen Schüler und gesättigt döst er selig in den Nachmittag, geschmiegt an ihren weichen Bauch. Das Bild ganz klar.

Und jetzt wird die präzise Erinnerung an diese Alma-Stunden zum Einzigen, das neben Opas beiden Beinen noch nutzbar ist für ihn an seiner Person; meint er. Ich deute Zweifel an, „Warte", schon nähert sich die nächste Patrouille, „wirst sehen", und Opa zeigt es mir. Die Uniformen marschieren in die Menge und teilen die Menschen mit Gesten in „zweifelsfrei" und „auffällig", winken die einen weiter und heißen die andern stehen zu bleiben; und zu genau so einem suspekten Untersuchungsgegenstand wird gleich auch Opa, sehr hasenverdächtig. Also stellen sie ihn auf die erste Probe. „Wer bist du und wo willst du hin?", fragen sie forsch in ihrer Sprache. Das sollte Kauderwelsch für mich sein, aber Opa versteht genau, und lässt mich verstehen. Der Gewehrlauf erzwingt eine Antwort von ihm. Und er brabbelt los, rollt und zischt ohne Atempause – nur keinen Zweifel aufkommen lassen, keine Unsicherheit! –, aber er kann den Dialekt immer noch wie aus der Pistole schießen, sein vorbeugendes

Geschoss. Ich halt ihn immer wach im Geiste, sagt er, denke ich, ständig einsatzbereit. Hier. Und. Plötzlich ist alles da, plötzlich kann ich es auch. Schuss und Schuss. Es sprudelt aus uns, wie wir vermeintlich heißen und welche Einkäufe wir gerade in welchem Laden erledigen wollen, um dann damit unsere kranke Tante zu besuchen, der es leider gerade gar nicht gut gehe, und deshalb sei man auch extra in die Stadt gefahren heute, aber man müsse der armen Frau ja unter die Arme greifen, sei man dazu nicht verpflichtet, also macht man eben ein paar Erledigungen für sie und emotionale Unterstützung, genau, die sei ja ganz besonders wichtig bei so alten Leuten, aber man sei ja auch schon viel zu spät dran, weil so viel Trubel heute sei auf der Straße und … Doch zweifelsfrei – denken sie und winken uns weiter – soll die kranke Tante Tante bleiben, wir sind auf Hasenjagd! Der Nächste, hier, ein Hase, wo? Und weiter sind sie, die Stiefel. So haben wir unsere Unschuld belegt oder unsere Irrelevanz für den brutalen Rausch. Denn nur einer der ihren, so glauben sie, ist eingeweiht in die Geheimnisse dieser alten Sprachstrukturen, beinahe versiegt schon, jenseits aller Schriftlichkeit.

Wir aber halten sie am Leben, unsere Tarnsprache, und im Gegenzug rettet sie uns über Wochen. Wochen, in denen wir akribisch versuchen, für unsere Lieben, Freunde, Bekannte und ehemalige Angestellte die Ausreise zu organisieren. Auch Oma inklusive kleinem Onkel

Otto – Vaters später ach so großer Bruder – sind fürs Erste im Elternhaus auf dem Land in Sicherheit gebracht. Wir haben an alles gedacht. Sehr früh schon haben wir Schlimmes befürchtet, begonnen Dinge vorzubereiten, als die meisten noch nichts geahnt hatten, versichert sich Opa, denke ich. Zunächst dient uns die städtische Wohnung als Unterschlupf. Wir haben den Namen an Klingel und Türschild getauscht, das Falsche an uns ausradiert und uns neu und diesmal richtig getauft. Vor der Straße sind wir nun sicher, erst mal.

Doch die Nachbarn kennen uns seit Jahren. Also kommen wir nachhause, gehen die Treppe hinauf, da kommt uns die Nachbarin entgegen, die Frau aus dem dritten Stock rechts, eingehüllt in Omas feinen Mantel, und sie grinst uns ins Gesicht, streichelt tief befriedigt ihre Beute. Sie ruft uns zu, singt es fast: „Steht mir der nicht viel besser als Ihrer Frau?" Sie stolziert auf die Straße, wie sie nie stolziert ist, nie stolzieren konnte, ihre Zeit ist da. Und jetzt spätestens wissen wir: Nichts gehört mehr uns.

Zuerst kommen die Nachbarn, dann kommt der Staat. Er öffnet einfach die Tür, als sei es seine, ein großer Apparat mit unzähligen dicken Schläuchen als Tentakel und einem fetten, gierigen Rumpf. Er rollt in die Wohnung, wir werden ignoriert, weder gefragt noch gegrüßt, und er wirft sich an, fährt mit einem lauten Röhren nach und nach alle Räume ab und saugt alles ein, was ihm unterkommt oder sich nicht halten kann. Er verschlingt unser Hab und Gut wie ein ausgehungerter Binge-Eater in einem Süßigkeitenladen. Später wird er sich wohl in irgendeinem Lager übergeben. Verzweifelt wollen wir gegen den Sog ein paar Dinge retten, greifen nach Wichtigem und versuchen es mit aller Kraft festzuhalten, doch die Tentakel holen es sich schnell. Allein die Familienfotos, die wir wie unser heiligstes Gut umklammern, bleiben als Ramsch von dem Staatstreiben verschont. Ist alles Wertvolle verschlungen, fährt der Apparat beinah lautlos aus der Tür, bedeutend langsamer allerdings als er eingetreten ist, weil bis oben hin vollgefressen mit den Spuren unsres Lebens. Wir sitzen auf dem nackten Boden und starren auf die Fotos in unsrer Hand. Opa verbietet uns, jetzt sentimental zu werden. Also raffen wir uns auf, die nächsten Pässe zu besorgen.

Wir gehen einen schmalen Gang entlang, die Beleuchtung ist dürftig, alle paar Meter ist eine der Lampen kaputt, die andern flackern. Es riecht ziemlich modrig, die Tapete an den Wänden wellt sich und ist mit allen möglichen Flecken übersät. Sperma und Blut, spekuliere ich. Opa insistiert, sich so was nicht mehr zu fragen – schau gar nicht hin! Links und rechts von uns gehen laufend Türen ab, zum Teil hört man Geräusche aus den Zimmern dahinter, Murmeln, Stöhnen, Schreien, Kratzen und Sägen, Hämmern, Bohren und Heulen. Man kann sich keinen Reim darauf machen, wer hier wohnt und was hier treibt – gut, ja, wir fragen nicht mehr wir hören nicht hin. Und gehen weiter, durch Türen in den nächsten Flur und den nächsten, durch Tür um Tür, Hinterzimmer und Hinterhöfe, bis wir am hintersten Eck angelangt sind, ja es kann schlichtweg kein Dahinter mehr geben, denken wir, nur dieses eine Zimmer hinter dieser rostigen Stahltür, und da wollen wir hin. Zum alten Passfälscher Louis, der gerade seinen runzligen Körper tief über die Präzisionsarbeit bückt. Dabei wirkt er so alt und fragil, vielleicht zerweht er einfach, wenn man etwas Luft gegen ihn bläst, denken wir, staubtrocken ist seine Haut, ausgedörrt sein Leib. Er trägt eine alte Lokführerkappe und einen hellgrauen Arbeitsmantel, wie im Bilderbuch. Auf seiner Nase sind unzählige Brillen hintereinander geschichtet, dünne Gläser, die direkt vor seinem Auge bis zur Stirn hinauf ragen und nach vorne hin immer kleiner werden, bis das Letzte nur noch den Durchmesser eines Stecknadelkopfes hat. Ungerührt blickt er durch sein Brillenmeer und keinen Augenblick hoch zu uns, während wir die paar spärlichen Worte mit ihm wechseln. „Nummer?“, fragt er im Beamtentonfall, ohne vorhergehende Begrüßung. „112498740077“, schießt es aus uns, der Überlebenscode. Wir haben ihn uns eingebrannt. Und das Geld haben wir ihm schon zukommen lassen – jetzt weiß ich’s plötzlich –, sonst wär es auch im Staatsapparatsbauch gelandet und wir säßen fest; es schaudert uns kurz. So aber schiebt uns Louis einen kleinen Stapel Pässe über den Tisch und damit ein neues Leben. Wir gehen alle durch; da ist Omas Pass, Onkel Ottos, Uromas und Uropas, der von den zwei Großtanten und -onkeln, alle da. Nur unser Pass, der fehlt. „Einer ist noch nicht fertig. Übler Trubel, hab auch nur zwei Augen. Nächste Woche." Sein Schweigen wirft uns hinaus.

Zurück in der elendslangen Gangröhre – wir gehen und gehen wieder, scheinbar endlos – läutet auf einmal ein rotes Telefon, das herrenlos auf einem Tischchen steht. Es läutet dringlich. Und wir wissen, es ist für uns. Wir heben ab. „Sie dürfen nicht mehr nachhause gehen. Die warten dort auf Sie", sagt erschreckend eindringlich die süße Mädchenstimme unserer ehemaligen Sekretärin. „Woher wissen Sie –?" Sie legt auf. Wir laufen los, so schnell wir können, laufen ins Freie. Bis kurz vorm Umkippen. Dann halten wir abrupt und schnappen tief nach Luft. Opa pfeift dreimal laut. Darauf kommt eine Schar weißer Tauben geflogen und bleibt kreisend über uns. Eine nach der anderen landet auf seinen Schultern, ich binde ihnen je einen Pass an die Beine und Opa flüstert ihnen die Adresse zu. Die Pässe müssen zum Versteck aufs Land geschickt werden, wir aber dürfen nicht mit. Opa pfeift erneut, da fliegen sie davon, hoch, weit höher als Tauben eigentlich fliegen, denke ich. Sie müssen sichergehen. Und wir? Wir wissen, es gibt keinen Ort mehr für uns. Ich habe keinen Ort.

Doch wir harren aus, bis ein Papier uns ein sicheres Ich ausstellt. Bis dahin wechseln wir jede Nacht die Couch oder den Fußboden, klappern alle Freunde und Bekannte ab, die den richtigen Namen haben. Wir hasten durch die Stadt, gejagt von all den Stiefeln. Da ist nur ein Aufflackern von Bildern, Fetzen von Gesichtern, Wohnungen, Straßen und Häuserecken, wir hetzen wie in Zeitraffer. Mir wird fast übel vor Angst, vor Anstrengung, von der Bilderflut, der Panik und dem Chaos. Wir rasten nie, wir schlafen wie zum Schein.

Alles verlangsamt sich auf einmal wieder, die Bilder halten. Wir stehen auf der Straße inmitten einer Menge, die wie abgesprochen im selben Augenblick stehen bleibt. Die Stiefel sind zum Greifen nah, immer lauter, die Marschmelodie, sie rufen: „Kontrolle!" Alle denken nichts als „Kontrolle". Und schon sind sie da. Ihre Gewehrläufe teilen die Masse. Sie bilden Reihen, gehen alle Erstarrten ab und kontrollieren Ausweise. Kein Wort wird gesprochen, sie zeigen nur. Wer den falschen hat oder gar keinen vorweisen kann, wird an die Wand gestellt. Es ist ganz einfach. Dort bilden sie eine Linie entlang der Ziegel. Schusslinie. Todeslinie. Aber Louis hat noch unsern neuen Namen den bekommen wir erst sie kommen zu früh nein wir haben noch nicht aber sie kommen. Vor uns, das Gewehr ist da, ungeduldig, will einen Hasen jagen. Wir erfinden Ausflüchte, verteidigen uns in der Tarnsprache, den Pass haben wir liegen gelassen, wie dumm, wir seien auch nur zu Besuch und die Geschichte mit der kranken Tante. Aber niemand hört zu. Sie schreien nur „Pass her!“ und fuchteln mit den Gewehren. Sie wollen Identitätsbeweise sehen, alles andere ist nichts mehr Wert, für Geschichten keine Zeit. Wir aber haben nichts zu zeigen, nichts zu geben, Opa und ich, als eins, bin ich er, bin ich immer schon er ich komme an die Wand. Hier müssen wir alle warten, die Waffen vor der Nase, bis die Masse ausgesiebt ist, alles Richtige sich verflüchtigt hat und nur noch wir übrig sind. Eine Reihe Falscher, eine Reihe Zweifelsfälle. Doch besser einen zu viel, als einen entwischen lassen. Ganz egal. Es ist Hasenjagd. Auch andere Tiere sehen schön aus beim Sterben. Ob ich schön aussehen werde beim Sterben, gleich? Es geht ganz schnell, Kopf, sie zielen gut. Schuss. Einer fällt. Schuss. Einer fällt, Schuss, einer fällt, Schuss, einer fällt, Schuss ich bin bald dran ich bin –„Halt!“, eine Frau hält den Stiefel vor mir an, fasst ihm an die Schulter. „Der nicht, der ist ein Guter“, sagt sie, die Frau eines meiner Angestellten von früher, mit Nachdruck sagt sie es. Der Stiefel nickt, er nickt tatsächlich. Und heißt mich laufen. Und ich laufe, ich laufe ich laufe laufe laufe laufe lauf!

Unterschiede im Licht

Sein Arm wandert langsam unter der Decke entlang, die alte Baumwolle des Lakens lässt ihn sanft zur Seite gleiten. Die Fingerkuppen fühlen die Wärme, zunehmen, nach ihnen rufen, und Hanno langt nach ihr, so weit er kann. Er dreht sich ein Stück weiter nach links, um näher zu kommen, es zu erreichen, das weiche, wonnevolle Ziel. Auf dem Weg fährt ein süßlich-vertrauter Geruch in seine Nase und mischt sich in das dumpfe Wahrnehmungskonglomerat seines Halbschlafdämmers. Die Finger treffen endlich auf Haut, zart und heiß regelrecht, sie fahren die Rundung nach oben, die ganze Handfläche arbeitet sich voran, im tiefen Vertrauen, hier sei alles heil. Die Hand jedoch will weiter nach oben fahren, will höher hinaus, da spürt sie es plötzlich abflachen, das schöne Warme, sie greift ins Leere. Wo einmal die große Rundung war, da ist nichts mehr. Erschrocken zieht Hanno seinen Arm zurück, reißt die Augen auf, fährt hoch. Die Sonne scheint durchs Fenster, als wäre nichts passiert, sie kümmert sich nicht darum, wie hoch Susannes Bauch aus dem Bett vorsteht, ob noch etwas wächst darin und was. Dem Licht ist es einerlei.

Jetzt hat er seine obligatorischen vier Stunden geschlafen. Das ist genau die Zeit, die ihm bleibt, zwischen seinen nächtlichen Schreibstunden und den fünf Minuten, die er immer schon vor dem Weckruf zur Erwerbsarbeit die Augen öffnet. Susanne hingegen ruht in einer Pose, wie sie idyllischer nicht hätte gemalt werden können. Er betrachtet den Widerschein auf ihrer ebenmäßigen Haut; ihr Körper scheint völlig unversehrt, keine Spur von Schmerz, von Verlust. Die Regenerationsfähigkeit der Welt ist manchmal erschreckend, auf den ersten Blick hin schlicht brutal, und sie entwertet alles, was ist. Auch wenn er weiß, dass sie immer noch leicht blutet, die Oberfläche findet er makellos verschlossen; dem Bauch sieht man nicht an, dass etwas fehlt. Und doch fehlt es, die Verwirklichung ihrer Liebe, gedeihend, als Folge und als Bejahung dieses Lebens, für eine Zukunft perfektioniert; und es wird fehlen, bis es ersetzt worden ist. Hanno beißt sich auf die Unterlippe.

Susanne hat noch eine Stunde Zeit, bis auch ihr Wecker sie unbarmherzig in die Senkrechte ruft. Dass sie nicht länger in den Krankenstand gehen wollte, hält er für unvernünftig. Um ihre Stelle müsse sie sich nun wirklich nicht sorgen, und sie hätte etwas schreiben können, sich

Zeit nehmen, das Ganze verarbeiten. Vielleicht muss sie sich krampfhaft beschäftigen, vermutet er, versuchen sich selbst zu vergewissern, alles könne so weitergehen wie bisher. Genau das aber hält Hanno für die falsche Strategie. Die Wunde sollte bewusst bleiben und sie anspornen, bis ein neues Kind das in ihr Leben gerissene Loch verschließt. Er hingegen will nicht ruhen, im Gegenteil, jede freie Sekunde allein dafür nützen! Hanno kalkuliert unentwegt, seitdem es passiert ist, wie sie sich das Labor wieder leisten könnten, auch ohne großväterliches Erbe. Wie wie wie.

Geübt leise schleicht er sich unter die Dusche, vollzieht alle morgendlichen Rituale. Anschließend tritt er nochmals ins Schlafzimmer, doch noch vorsichtig seinen Pullover zu holen, da rekelt sich Susanne im Bett und fokussiert ihn mit ihren müden Augen. Sie setzt sich auf, streckt die Arme weit zur Seite und gähnt dabei lautstark. „Morgen."

Hanno geht zu ihr und küsst sie liebevoll auf die Wange. „Leg dich doch wieder hin."

Sie hievt die Beine aus dem Bett. „Ich muss ohnehin bald los."

„Schreib dich krank!" Dabei streicht er kaum merklich über ihre Schulter.

Susanne macht einen demonstrativen Schritt nach vorne. „Bitte fang nicht wieder damit an! Es ist alles gut."

„Es ist nicht alles gut!"

„So mein ich das nicht! MIR ist nichts passiert. Ich kann arbeiten." Einen Moment lang schaut sie starr auf den Boden, dann sieht sie zu Hanno, fixiert ihn. „Was soll ich denn sonst machen, hm?"

„Ein neues Kind."

„Was?" Kurzes Entsetzen flammt in ihren Augen auf, dann senkt Susanne den Blick. „Daran will ich gerade besser nicht denken." Wie in plötzlicher Hektik geht sie zum Kleiderschrank und beginnt, ihre Garderobe für den Tag auszusuchen.

„Ich denk nur daran." Wie verloren steht er im Raum.

Energisch dreht sie sich zu ihm, dabei zwei blaue Oberteile in der Hand zusammenknüllend. „Was willst du jetzt hören – tut mir leid, mein Körper hat's verkackt?"

„Nein, Schatz nein!" Hektisch schüttelt Hanno den Kopf, lässt kurz die Schultern hängen, die Arme wie leblos vom Körper baumeln. „Sag bitte so was nicht." Sofort dreht sich Susanne zurück in Richtung Schrank. Er richtet sich wieder auf und geht ihr nach. „Nein. Aber ich will ein Neues machen." Sachte küsst er ihren Nacken, legt seinen Kopf darauf. Eine Weile verbleiben sie ruhig in dieser Pose, bis Hanno sich getraut, weiter zu insistieren.

„Unsere Beweggründe sind ja nicht verschwunden, unsere Wünsche."

Ihre Stimme erweicht sich wieder. „Natürlich nicht, aber …"

Jetzt geht er um sie herum, fasst mit beiden Händen ihre Schultern, hält sein Gesicht direkt vor ihrem. „Ich will ein Kind mit dir, Susanne!“, seine Augen so bedeutungsschwer wie der Satz.

„Das will ich doch auch. Aber wir haben kein Geld für eine Edition.“ Susanne hält seinem Blick stand. „Wir werden nie mehr genug Geld haben für so eine Edition.“

Er schüttelt sie leicht aufmunternd und verkündet mit betonter Leichtigkeit. „Ich werd einen zweiten Job annehmen!“

Susanne bleibt gänzlich unbeeindruckt. „Und wann willst du den machen?“

„Na nachts.“ Er entfernt seine Arme, tritt einen Schritt zurück. „Da ist genug Zeit. Und bezahlt ist es auch viel besser.“

„Was ist mit deinem Roman?“

„Der kann warten. Der wird warten müssen.“ Er lässt sich in einen Couchsessel sinken. „Ich mein, was soll das auch, ohne Kind? Sonst hat das doch alles keinen Sinn!“

„Du wirst tot umfallen, bevor wir genügend Geld zusammenhaben!“

„Unsinn; gerade arbeite ich doch genauso viel.

„Das ist etwas anderes, und das weißt du auch.“ Ein lauter Seufzer schafft eine kurze Pause, in der sie den Ernst entfernt, den Vorwurf in ihrer Stimme. „Du arbeitest so schon zu viel. Und ich kann die Koller auch nicht nach mehr Geld fragen, und selbst wenn. Das wär auch nur ein Tropfen auf dem heißen Stein."

„Ich krieg' das hin." Er steht auf, schnappt sich bestimmt seinen Pullover vom Stuhl neben der Tür, als gäbe es nichts weiter dazu zu sagen. Außerdem muss er bald los.

„Wie denn? Und wie lang soll das dauern? Rechne dir das mal aus, ich werd auch nicht jünger."

„Wir haben noch genügend Zeit." Beide schweigen einen Augenblick, als hätten sie die Stille miteinander vereinbart.

Bis Susanne vorsichtig die Ruhe bricht. „Und wenn wir so eins machen?"

„Ein natürliches Kind? Bist du verrückt?" Hanno beginnt aufgeregt hin- und herzulaufen, spricht mit so viel Kraftaufwand, als müsste er sich selbst mitüberzeugen. „Das ist völlig unverantwortlich!"

Susanne bleibt indes ganz weich. „Wir sind auch nicht editiert und uns geht's gut."

„Aber das waren andere Zeiten! Man muss seinem Kind das Bestmögliche mitgeben für diese Welt."

„Es ist uns eben nicht anders möglich." Sie blickt auf ihre Hände, wie als Metapher, dreht sie untersuchend vor sich hin und her. „Wir wären gute Eltern, jedes Kind wird es gut haben bei uns, auch so."

„Das kommt überhaupt nicht infrage. So egoistisch

darf man nicht sein! Nur weil man einen Trieb hat in sich, sich zu vermehren wie ein Tier."

„Wir haben nichts Schlechtes weiterzugeben, Schatz. Es wär alles gut."

Hanno hält inne. „Das kannst du nicht wissen. Und wie würde es aussehen? Es hätte gar keine Chance." Fast hilfesuchend wendet er sich zur Tür.

Susanne steht aufrecht mitten im Raum, vom Fenster hinter ihr strahlt das Licht auf sie, als unterstreiche es den Satz. „Gene sind kein Schicksal!"

„Na dann schau dich mal um!" Zu laut sagt er es, zu heftig, wie als Schlag gegen das Gespräch. Hanno muss zur Arbeit und raus aus dieser Unterredung, schnell weg von dieser Idee. „Ich muss jetzt, Schatz. Tut mir leid. Ich lieb' dich." Er rettet sich hinaus.

#we are all one. Vlog. DiggaBoyFatso.

Bret in Großaufnahme, er grinst aufgeregt ins Bild. Leute, ihr werdet nicht glauben, wo wir gerade sind!

Lilly spricht aus dem Off. Wir glauben's ja selbst fast nicht!

Der Bildausschnitt vergrößert sich, Bret steht auf rotem Marmor vor einer großen Palme. Wir sind ernsthaft zu Gast bei Star-Rapper DiggaBoyFatso.

Ein dunkelhäutiger Mann mit großer, goldener Schirmkappe, hellroten Baggyhosen und weitem, neongrünem T-Shirt mit goldenem Paillettenmuster und Schulterpolstern tritt ins Bild. Hey ya!

Bret versucht sichtlich seine Aufregung mit Coolness zu überspielen und verkündet stolz: Zieht euch das rein, wir stehen mitten in seinem Wohnzimmer. *Das Bild schwenkt durch den Raum und zeigt eine ganze Couchlandschaft inmitten von tropischen Zimmerpflanzen und einer gold lackierten Hifi-Anlage.*

DiggaBoyFatso winkt lässig beschwichtigend ab. Yeah, in einer von den few Lounges.

Ich stell das mal hier ab, ja?, *sagt Lilly hinter der Kamera und platziert diese im Raum. Das Bild ist schief und Bret halb abgeschnitten, dann wird es zurechtgerückt. Lilly tritt ins Sichtfeld und stellt sich mit gewohnt breitem Lächeln zwischen die beiden Männer.* DiggaBoyFatso hat uns eingeladen, was vorbeizubringen.

Auch so, auch so, my friends. Ich bin ein großer Fan von eurem Vlog, big time!

Bret fasst sich mit den Daumen an seinen Gürtel und posiert breitbeinig. Das ehrt uns.

Lilly nickt heftig. Ja, das freut uns riesig!

Der Rapper tritt einen Schritt weiter vor und spricht Richtung Kamera, er intoniert und gestikuliert dabei, als performe er einen seiner Songs. Yeah, #we are all one war plötzlich voll das killa Ding, und ich krieg das so mit und denk mir – was machen die? No shit! Und dann must-watch, ganz klar. Ey und die letzte Folge, uhhh. Das war so touching, motherfucka. Das sind so die Momente, ey, da erwischt's dich really deep. Das is so richtig echt dann. Der Herzbeat, dieser Herzbeat und das Pic dazu, wow. Das musst ich erst mal so sacken lassen, deep down und so ey, dann kommen einem so thoughts. Was für eine Welt will ich für mein Baby? Papas little diamond. So wichtig, was ihr da macht, ey, und dieser Herzbeat! Groß war das, groß. Für die ganze Welt war das groß.

Lilly klatscht begeistert in die Hände. Wir waren auch ganz überwältigt.

Bret nickt und wirkt dabei etwas verloren. Es is einfach so ein Wunder.

Und jedes Echo ist so bedeutend für die Sache, wirklich noch mal danke für die Einladung. *Sie berührt ihn kurz zaghaft an der Schulter.*

No no, ihr tut mir einen favor, really! Und das is genau mein topic, was für einen impact man hat und so, you know. So eine responsibility, die du hast als Star. Was is deine message und kommt die wohl rüber, wird man gecheckt? All that shit. Anyway. Nach der letzten Folge war's crystal klar: Die und du, war mein thought, perfect match, ey. Und der Herzbeat, damit musst du arbeiten! *Er geht weiter auf die Kamera zu und streckt beide Arme in Predigerpose weit von sich nach oben.* Das muss hinaus, in die Welt muss das, in every fucking streaming playlist!

Auch Bret positioniert sich mit einem leichten Schwung ein Stück weiter vor die Kamera. Und wir habens dabei. Also DiggaBoyFatso hat uns um die erste Herzschlag-Aufnahme unseres Babys gebeten.

Der sackt wieder in seine lasche Körperhaltung zurück. Sure, ich hätt auch sagen können, schickt mir den Link, aber da bin ich old school. Ich wollt euch einladen und es in die Hand kriegen, as a symbol, more real, you know. *Dabei klopft er zweimal mit der Faust gegen seine Brust.*

Bret holt eine Schmuckschachtel aus seiner Hosentasche, öffnet sie, nimmt eine kleine goldene Kugel heraus und übergibt sie in leicht feierlicher Haltung dem Rapper. Währenddessen ruft der aus: A gold one! Pretty pretty, ey!

Lilly nickt begeistert. Schön, nicht? Gold passt, hab ich gedacht, und die sind auch irgendwie richtig hübsch, die data dots.

Der Rapper umschließt die Kugel mit seiner Hand und drückt sie an sein Herz, dann fällt er ihnen um den Hals. Ich bin so happy, this means so much.

Und für uns erst, für uns erst! *Lillys Stimme überschlägt sich fast.*

Ich schreib was dazu, ich hab das schon vor mir. *Er wischt dramatisch mit gespreizter Hand einmal vor seinem Gesicht durch die Luft – alte Musikvideo-Scheibenwischer-Geste.* Erste lines und beats. Und dann mixen wir das rein; der Herzbeat und die Mucke werden eins, you'll see. Das wird der Track der Tracks, yeah, der neue Welt-Song wird das. Promise, word! *Wieder klopft er zweimal gegen seine Brust.*

Bret zieht einen Mundwinkel bemüht cool nach oben. Das wird sicher ein total geiler Song.

So groß wie das Projekt! *Lilly lächelt breit, frontal ins Bild.*

Mit Brets Nicken wippt sein ganzer Körper mit. Kann's kaum erwarten.

Ich will dran arbeiten, asap ey. Ich spür das schon, hab da so ein Kribbeln. *Kurz kreist der Rapper mit der Faust über seinen Bauch.*

Dann wollen wir dich nicht länger abhalten. *Sie kichert etwas verlegen.*

Bret erhebt den Zeigefinger. Eine Sache bleibt uns noch.

Lilly reißt die Augen weit auf. Oh ja.

Gemeinsam rufen sie aus: Die Abstimmung!

Ihr habt entschieden. Und das Ergebnis war deutlich.

Sie blickt ganz ergriffen. Jetzt können wir ihm einen Namen geben, unserem Sohn.

Das ist die Stimme von Millionen. *Auch Bret spricht versucht andachtsvoll.*

„One" wird er heißen.

Er haucht es fast: One für die Welt!

One! Great! Fuck ya, das is great! Das wird auch der Songtitel. One. One, one … *DiggaBoyFatso spricht es immer wieder vor sich her und nickt dazu, sein Blick driftet zur Seite ab.*

Während Bret wieder ganz locker ruft und post: See u soon, Leute, bis bald!

Ciao Ciao! *Lilly geht grinsend auf die Kamera zu. Black.*

Ein einziges Rauschen

… *und dieser Vater glotzt Elias an wie seine altersverzerrte Spiegelfratze aus einem beängstigend realistischen Albtraum.* Janes hämmert in seine Laptoptastatur, kleine Wasserperlen stehen ihm auf der Stirn, auch das Hemd hat der Schweiß an Stellen schon durchnässt. *Er aber erkennt Elias nicht, die müden Augen blicken an ihm vorüber wie an einem Fremden, umrahmt von zerfurchter Haut, zwanzig Jahre zu früh vergreist.* Janes spürt das Starren der Cafébesucher im Nacken, die Zange in seiner Brust ihre Zähne fletschen. *Das sind die Spuren des Trinkens und der Einsamkeit, denkt Elias, das stete In-der-Sonne-Sitzen gräbt die Falten tiefer, überspannt das Gesicht mit dunklem Leder. Oder ein Leben voll Techno, Clubs und Drogen, früher in den Tiefen der Sex-Dungeons, heute in denen der Projektionen? Was weiß er schon; wer ist das hier?* Um Janes herrscht Gesprächslärm, Löffel klirren an Tassen, Kuchengabeln an Tellern, Sesselrücken, Türenschließen, Schritte und ein Smoothiemixer oder eine Tränengasgranate; das Rauschen bildet einen Klangnebel um ihn, undurchsichtig ist er ganz davon umringt. Er muss bei Elias bleiben, Mila sein können, ihre Stimme. Da gibt es keine Bedrohungen, keine äußere Welt. Endlich hat es Elias zu seinem Vater geschafft. Vor diesem Moment hat Janes sich seit Tagen gefürchtet, wie vor einem zynischen Kommentar zu seinem Leben, den er selbst übersetzen und abtippen muss. Das Lachen darüber bleibt Janes im Halse stecken, während seine Zange ihm die Brust immer weiter verengt. Er beißt die Zähne zusammen, tippt weiter.

»Ich bin Elias«, stammelt dieser hervor.

»Schön für dich.« Der Vater krault unbeeindruckt seinen weißen Schäferhund, das Bier in der anderen Hand leicht schwenkend.

Ist das der Augenblick, auf den Elias seine ganze Tour über gewartet hat? Er mustert die Gestalt des Vaters, den hageren Körper auf der Holzbank, die ganze Szenerie unter den Zedern und ihrer Spiegelung im See. Was hat das mit ihm zu tun? Elias räuspert sich gegen die Stille. Das lange Schweigen zwischen ihnen erzählt die Geschichte seiner vaterlosen Jugend.

Mila spielt mit Klischees als zentrales Gestaltungsprinzip, und Janes fragt sich jedes Mal, ob er diese etwas dämpfen oder voll auskosten soll – wie übersetzt sich ein Schema kulturell? Das Rauschen um ihn wird lauter, der Raum immer enger; er ringt um Fokus.

Elias geht bestimmt auf ihn zu. »Dein Sohn.«

»Das tut mir leid.« Dabei regt der Alte sich nicht.

Elias' Stimme überschlägt sich fast. »Und das ist es jetzt?«

»Ja, was willst du denn? Soll ich dir eine runterhauen, damit du dich geliebt fühlst von mir? Ich kenn dich doch gar nicht.«

Seine Gene kann man nicht leugnen! – möchte Janes schreiben, der Gedanke schießt ihm schon in die Finger, doch Mila lässt Elias etwas anderes sagen.

»Du willst mich gar nicht kennen!«

Der Vater fixiert weiterhin den Hund. »Was interessiert es dich, was ich will? Meine Ruhe will ich, einfach meine Ruhe haben. Wer gibt dir das Recht, hier aufzukreuzen?« Er schüttelt den Kopf und nimmt einen Schluck Bier. »Du schaust zu viele schlechte Projektionen, Junge.« Dabei lacht er schrill auf. »Du kannst ein Bier haben, wenn du willst, mehr hab ich nicht anzubieten. Bin ja kein Unmensch.« Er rückt ein Stück zur Seite, deutet neben sich. »Da, kannst dich setzen, ein bisschen den Pepe streicheln. Und wenn es leer ist, das Bier, kannst du nachhause fahren und ins Kissen weinen – heut' hab ich den Papa getroffen!«

Janes fasst sich an die Brust. Die Luft wird dünner, das Rauschen nimmt alles ein. Jemand schlürft, einer schmatzt, andere starren, starren so laut in den Raum er hört es näher kommen das Starren schreit ihn an. Ein Pochen erfasst sein Ohr.

Da sind Schritte, schwere Schritte, sie nahen, zielgerichtet. Das Klacken. Die Stiefel. Sie kommen.

Gesprächsfetzen formen sich zu Anklagen, verdächtiges Tuscheln, Zischen, kaltblütiges Lachen. Ist das die Hasenjagd?

Startschuss, freigegebene Saison.

Beruhig dich Janes, das steckt dir nicht im Blut, nur im Kopf!

„Ich bin mir ja nicht ausgeliefert, ich mach mich doch selbst zum Ich“, sagt er laut vor sich hin. Das macht es wahr. Dann fällt ein Schuss. Er zuckt zusammen, jemand bückt sich nach seiner Aktentasche. Janes springt auf, klappt den Laptop zu, greift sich seine Sachen, läuft panisch zur Tür hinaus. Raus, bloß weg! Und weiter, nichts als weiter. Unbeholfen hetzt er die Gasse hinunter, der Computer rutscht ihm fast aus dem Arm. Das Rauschen eilt ihm nach, die Stiefel sind ihm dicht auf den Fersen. Weiter, weiter. Du hast den richtigen Namen, Janes, alles ist gut! Schlagartig ertönt das große Murmeln, über ihm, neben ihm – Vergeltung, alles verdient! Das Klacken, immer lauter, immer näher immer dringender da – sie sind … wieder. Stimmen, Geschrei, Schüsse, sind da, Schüsse – wohin nur, wohin? Ich hör meinen Herzschlag im Bauch meiner Mutter, meiner Oma, Großvater läuft um sein Leben, ich muss – ein Hase, ein Hase – laufen laufen, ich muss ich stelle mich nein ich stelle mich nicht an die Wand. Er strauchelt, fällt, kriecht weiter, stemmt sich hoch und rennt wieder, rennt. Spontankraft. Überlebensadrenalin. Delirium.

Die Furcht trägt ihn nachhause.

Maras Nacht

Wenn man nur fest, fest genug die Augen schließt, geht alles Schlimme fort. Es war gar nie hier. Da ist allein das Eigengrau der Ruhe, endlich Ruhe und keine Welt. Das ist der Kindertrick. „Ich weiß von nichts, ich weiß von nichts!“, sagt sich auch Uroma, die Lider zugekniffen, bis es schmerzt. Sie sind einfach zu ihr gekommen. Die Enten sind gekommen und haben sich eingenistet. Uroma wurde nicht gefragt. Dass man einen Schuppen hat irgendwo in einem überwucherten Eck des Gartens, kann doch kein Verbrechen sein, denkt sie sich, Uroma hat nichts getan. Sie hat einfach nichts getan; sie werden schon wieder gehen.

Das sind doch nur Enten.

Ein Rascheln war da im Busch, eines Tages, ein einfaches Rascheln im Busch. Das kann ja alles sein; sie hat nicht nachgesehen. Niemand kann verlangen, dass man jedem Geräusch im Garten nachgeht, man unter jede

Hecke, jeden Strauch kriecht und die Erde absucht. Früher hätte sie das auch nicht gemacht. Keiner hätte das. Man kümmert sich um seine eigenen Angelegenheiten, wie sich das gehört. Und ihre größte Angelegenheit gerade ist die Kugel, die sie unter ihrem Herzen trägt und die größer und schwerer wird von Tag zu Tag und ihre Beine zum Schwellen bringt und ihren Hunger unstillbar macht. Essen aber gibt es ohnehin nicht genug. Alleine sind sie, die Kugel und sie, und die Nächte werden länger, die Tage zäh. Doch Uroma beschwert sich nicht, wo sie herkommt, da beschwert man sich nicht.

Ein paar Wochen später kommt das Piepen und gesellt sich zu ihrem Summen im Ohr. Mal wird es lauter, mal wird es leiser, sie versucht nicht darauf zu achten. Der Doktor hat ihr stets gepredigt, sie solle ihn schlicht ignorieren, den Ton im Kopf, und Uroma ist immer schon eine folgsame Patientin gewesen, ja, der Doktor hatte immer schon recht.

Wenige Tage darauf hört sie jedoch ein Quaken in der Nacht, mehr ein leises Wimmern zunächst. Aber ist das wirklich da? Es kann ein Traum gewesen sein, im Halbschlaf noch, wenn die absurden Eindrücke überschwappen ins Reale und man noch gar nicht ein weiß oder aus, so sagt sie sich, und Träume werden selten wahr. Soll sie etwa aufstehen mitten in der tiefsten Nacht und einem Rufen nachgehen, das vielleicht nichts als pure Einbildung ist, soll sie das sichere Haus verlassen und sich dem Finstern aussetzen, alleine mit den schweren Beinen, mit dem Kind im Bauch? Das Quaken ist inzwischen in eine Art Schnattern übergegangen, bis es abrupt anhält, als hätte jemand die Stille erzwungen. Nein. Neinneinnein. Was gehen sie auch die Geräusche andrer Lebewesen an? Ihr Baby tritt, ihr Magen knurrt. Außerhalb der Decke ist es kalt und auch darunter ist es nicht mehr so warm wie früher. Und sie summt ein Lied, ein altes Wiegelied. Immer lauter wird sie, Uroma vertreibt alle Geister. Aus dem Garten aus dem Haus aus dem Kopf. In stille Momente hinein singt sie von nun an oder summt und pfeift, alles Zweifelhafte zu vertreiben. Vorsichtshalber senkt sie auch den Blick noch ein Stück weiter, heutzutage weiß man nie. Und Uroma passt auf uns auf. Durchbringen wird sie uns, das hat sie sich versprochen. Bis die Kämpfe vorbei sind und die Erde wieder ruht, bis Uropa endlich wiederkommt und niemand mehr nachts die Früchte von den Bäumen im Garten stiehlt. Wenn das Land endlich wieder schlafen kann. Bis dahin. Die Kugel und sie.

Dennoch kann sie es nicht verhindern. In einer Lücke zwischen den Zweigen erhascht sie einen Ausschnitt, ungewollt, ganz ungewollt, an einem sonnigen Nachmittag, eine Spur von flauschigem Gefieder, goldblond-braun-gescheckt und daneben ein Stück des kleinen rosa Schnabels, ein zitterndes Knäuel. Aber könnte das nicht alles Mögliche sein? Woher soll sie auch wissen, wie genau so ein Entenküken aussieht und wie es sich regt? Ich weiß von nichts, ich weiß von nichts! Ab jetzt hält sie ganz die Augen zugedrückt, besser lebt es sich in seiner eigenen Höhle.

Im Ort indes gibt's das ganze Gerede, seit Monaten bereits. Immer dringlicher wird es, die Fragen, die Gerüchte, die Geschichten. Ob man irgendwo Enten gesehen habe, wo denn die Enten hin seien, noch nicht alle haben wir erlegen können, das waren sicher noch nicht, können noch gar nicht alle gewesen sein, sie haben sich versteckt. Die Biester, das Ungeziefer. Uroma hört gar nicht hin. Sie geht weiter, oder sie denkt sich weg, denkt an ihren Bauch, an die leere Hälfte nachts neben ihr im Bett. Sie hat doch mit dem ganzen Irrsinn nichts zu tun. Ob da eine Ente ist im Schuppen, eine Wühlmaus oder ein Wespennest, was soll sie das kümmern?

Es tut es also nicht, so hat sie es beschlossen. Bis es nah und immer näher an sie heranrückt. Es stößt an ihre Nase. Eine aus ihrer Straße hat einen Enterich in ihr Bett gelassen, dafür gibt's den Todesschuss nach öffentlicher Ächtung. Uroma geht am großen Schauplatz vorbei, sie hört den Schuss, sie sieht sie fallen. Die Enten haben in unseren Betten nichts verloren, so sagen die Gewehre, in unseren Häusern nicht, in unseren Straßen, in unserem Land. Wir schießen sie, wir können gar nicht anders. Das liegt uns im Blut oder sonst irgendwo in uns sitzt das und bestimmt. Die Enten müssen weg. Daran gibt es nichts zu rütteln, keine Liebe, Freundschaft, kein Mitleid; alles ist erledigt mit einem Schuss. Alle nicken. Uroma geht nachhause. Sollte sie das kümmern?

Es raschelt, es quakt und schnattert im Garten, Federn wehen durch den Wind, mutmaßt Uroma, kneift die Augen zu und singt.

Dann haben sie Irma, ihre liebe liebe Freundin Irma zur Ente erklärt, einfach so. Uroma geht auf den Hauptplatz und traut ihren Sinnen nicht. Dort haben sie es öffentlich gemacht. „Unsinn", sagt Uroma, „Unsinn!", ruft sie laut aus, dann bringen sie Irma, stellen sie aufs Podest. Und wirklich, Uroma blinkt dreimal, reibt ihre Augen wund, doch ja, da sind Schnabel, Federn, Entenfüße – Irma bist du wirklich …? –, plötzlich ist das da. Was ist passiert? Wie kann ein Mensch einfach zur Ente werden, wie ist das denn nur möglich? Sie sei schon immer eine Ente gewesen, sagen sie. Was soll das heißen? Uroma versteht die Welt nicht mehr, sie fürchtet sich. Was wird noch kommen? „Das kann nicht sein!", schreit sie weiter, hört nicht auf, bis sie an den Armen gepackt wird und vom Marktplatz getragen. „Was habt ihr gemacht mit ihr? Wo bringt ihr sie hin?" „Für alles ist gesorgt. Geh jetzt heim!" Sie lassen Uroma fallen, stoßen sie weg. Auf den Platz darf sie nicht mehr zurück, die Gewehre lassen sie nicht. Uroma geht also heim.

Seitdem ist Irma nicht mehr zuhause, seit Tagen schon ist sie nicht zuhause, Uroma klingelt vergebens an ihrer Tür. Sie sieht zum Fenster hinein – macht Irma nicht auf, schämt sie sich? –, alles aber sieht verlassen aus. Vielleicht ist sie in den Urlaub gefahren oder auf Kur, oder sie haben sie ins Krankenhaus gebracht, um sie gegen ihre Mutation zu behandeln. Dort aber geben sie Uroma keine Auskunft. Und die Gewehre getraut sie nicht zu fragen. Der dicken, immer dickeren Kugel wegen; ihre Angelegenheit. Uroma kneift die Augen zu und singt.

Derweil kriechen die Enten allmählich aus dem Garten in Uromas Träume, auch da richten sie sich ein. Beliebige Objekte ändern ihre Form und erinnern an die Tiere, so fängt es an. Den Häusern wachsen Schnäbel, Bäume beginnen zu watscheln, Möbel sind mit Gefieder überzogen und dem Essen auf ihrem Teller wachsen Entenfüße, mit denen macht es sich davon.

Kurz darauf haben sie Irmas Haus geplündert, eines Tages steht die Tür weit offen. Alles Wertvolle fehlt, der Rest ist verwüstet. Als hätten sie sich an Irma vergriffen, denkt Uroma sich, stellvertretend an ihren Sachen, an all dem Persönlichen, dem Intimen, dem von ihrer Mutter Geerbten, letzte Spuren einer Familie. Alles Enten, so sagen sie jetzt.

Oftmals fällt sie, tief tief hinunter fällt Uroma im Traum, minutenlang in einen riesigen Schnabel hinein, feurig roter Schlund. Sie wird gefressen, die Enten werden ins Haus einsteigen in der Nacht und so lange an ihr knabbern, bis sie weich genug ist zum vollen Verzehr. Sie fangen beim Unterleib an, picken ihre Bauchdecke auf und stürzen sich auf das Kind. Jede Nacht fressen sie zuerst das Kind. Uroma schreit, das Singen hilft nicht mehr. Jetzt schreit sie nur noch.

Nun suchen sie alles ab, heißt es im Ort. Die Gewehre durchforsten die Stadt wie die umliegenden Wälder. Sie gehen durch die Straßen und kontrollieren jeden Winkel, bald auch kommen sie zu dir. Was machst du dann, was machst du? Ich weiß von nichts, ich weiß von nichts. Es war doch nur ein Traum.

Uroma wird verrückt, denkt sie sich, weiß ich; vielleicht ist sie es längst. Das kommt vom Alleinesein, von den Hormonen kommt es, ihr schwindelt; oft in den letzten Tagen, die Welt versinkt im Dämmer. Bis bald kein Unterschied mehr auszumachen ist zwischen Wirklichem und Traum. Und die Enten schreien rote Wolken in die Luft, aschgrau tönt der Tag. Uroma wacht auf und schmeckt Blut auf der Zunge, ihr Hals kratzt. Es staubt ihr aus der Kehle.

„Hörst du das Quaken in der Nacht?“, fragt Uroma mich. „Ich hör nichts“, antworte ich, „die quaken nicht, die verstecken sich.“ Sie aber flüstert: „Sie schnattern neben meinem Ohr.“

Hören die Nachbarn hin?

Nur Enten. Uroma weiß, die tun keinem was, sie haben und sie werden nicht.

Das weißt du doch, Uroma?

Sie patrouillieren jetzt. Keine darf entwischen, es ist Entenjagd. Immer noch, es war noch nicht genug. Das Blut spritzt so schön, jubeln die einen, die andern predigen wie manisch von einer entenkeimfreien Welt. Jemand beißt zufrieden in einen Pfirsich aus Uromas Garten, der Saft rinnt ihm das Kinn hinab. Uroma schreit.

Wann ist der Krieg denn aus, wann ist der Krieg denn aus? Was, wenn er niemals wiederkommt?

Aber sie werden kommen, bald schon bald. Uroma hört die Schritte schon, Stiefel, Jägerschuh, sie biegen in die Straße ein. Wildes Blut. Die Gewehre kommen und sie werden schießen. Auf die Kugel zielen sie zuerst. Ich weiß von nichts, ich weiß von nichts! Danach werden sie nicht fragen.

Die Enten müssen weg.

Silvia hatte welche im Keller, sagt man im Ort, stell dir vor. Silvia hatte welche. Silvia ist nicht mehr. Auch ihre Kinder liegen in der Grube. Und ihre Tür haben sie beschrieben. „Entenfütterer“ steht da, in einem grellen Rot.

Immer lauter wird es, das Trampeln auf dem Pflaster. Uroma lugt aus dem Fenster, sieht die Gewehre um die

Ecke biegen. Gleich sind sie da. Sie läuft ins Wohnzimmer, holt eine Schatulle aus dem Schrank und den Schlüssel vom Band um ihren Hals. Uroma öffnet die Schachtel, nimmt eine Pistole heraus. Kalt liegt sie in der Hand. Die Waffe, die hat er ihr hiergelassen, heutzutage wisse man nie. Uroma läuft in den Garten hinaus, durch das Gestrüpp hindurch zum Schuppen. Rußiger Schleier färbt die Luft, die Wolken brennen. Der große Schnabel spuckt Feuer. Weg, auch der muss ... Sie wird uns durchbringen, das hat sie sich versprochen. Wenn nur die Enten weg sind, wenn nur die ... Vielleicht sind sie nicht, sie waren gar nie da. Uroma reißt die Tür auf, die Augen. Da kauern sie in der Ecke. Küken, wehrlose Büschel. Die Mutter eilt schützend davor. Uroma hebt den Arm, sie zielt. Ich schreie, ich drücke die Augen zu. Es knallt, reißt mir den Arm zurück. Ich schieße, noch mal, ich schieße und schieße.

„Wie konntest du nur?", fragt Uroma fragt Oma fragt Mama frage ich, „wie konnte ich nur?"

Die Enten mussten weg.

#we are all one. Vlog: Die Schwangerschafts-Challenge

Lilly sitzt auf dem Wohnzimmerboden im Yogasitz und scheint zu meditieren, im Hintergrund tönt ein Zusammenschnitt aus Geburtsschreien. Sie öffnet die Augen, lächelt in die Kamera. Laut sagt sie: „Musik aus!“, *die Aufnahme verstummt.*

Heute steigen wir gleich ein, und zwar in mein Was-gut-für-mich-ist-ist-umso-besser-für-das-Baby-Programm. Das war gerade meine Meditationszeit. Da versuch ich, meine Mitte zu finden. *Sie faltet die Hände vor ihrem Bauch zusammen.* Chakren und so. Aber ich arbeite noch dran. *Und winkt grinsend ab.* Mit den Schreien will ich mich schon mal mental auf die Geburt einstellen und so eine Art Körpergedächtnis dafür schaffen. Außerdem ist es so was Magisches, findet ihr nicht? *Ein pink glänzender Link wird eingeblendet: www.geburtswunder.com.*

Mich um One kümmern, heißt gerade, sich auf mich zu fokussieren, das bin ich echt gar nicht gewöhnt. *Demonst-*

rativ bescheiden schaut sie zur Seite, um gleich wieder besorgt direkt in die Kamera zu blicken. Das lastet alles auf mir, ob er wohl gesund wird und alles kriegt, was er braucht, für seine bestmögliche Entwicklung, seine große Aufgabe, ihr wisst schon. Und das fängt eben alles bei der Schwangerschaft an. Was man da alles beachten muss! Ich halt mich jedenfalls ganz an die Wissenschaft, also alle Facts sind gecheckt. Mindestens zweimal. *Nickend deutet sie mit dem Zeigefinger auf ihre Stirn.*

Nur darf ich mich auch nicht zu viel stressen lassen. Stress ist richtig Gift für das Baby, zu hohe Cortisollevel und so. Was das an Schaden anrichten kann! Aber es soll halt auch nicht zu wenig davon bekommen, hab ich gelesen. Das is nämlich genauso schlecht. Ich brauch die ideale Belastung! *Einen Moment lang hält sie die Augen aufgerissen und den Mund offen.* Uuuund: Ganz zentral ist natürlich die Nährstoffversorgung! Echt eine Challenge, hab ich mir zuerst gedacht. Ganz genau hab ich das berechnen lassen, wovon, wie viel, wie oft … Das kann ich voll und ganz empfehlen! *Erneut erscheint großflächig ein leuchtender Link. www.pregnantperfect.com/personel-bodycheck.html*

Mittlerweile seh ich das aber ganz entspannt, denn: ich LIEBE meine neue Superfoodkollektion! *Lilly leert eine große Kiste neben sich und breitet den Inhalt vor sich aus. Es handelt sich um eine Vielzahl an Lebensmitteln, allesamt mit demselben Verpackungsdesign versehen, auf dem groß*

EdenFoods zu lesen ist. Es is so einfach. Und es schmeckt! *Sie leckt sich erotisch-genüsslich die Lippen.* Der Hammer! Ich fühl auch so richtige Energiekicks davon. *Kurz boxt und kickt sie in die Luft. Dann hält sie inne und lächelt ihr schönstes Werbelächeln.* Das Beste dabei: Alles kommt ganz natürlich aus den Pflanzen selber! So chemische Vitaminpräparate sind ja TOTALER Schrott, glaubt mir! Die EdenFoods-Produkte aber haben die IDEALE Mischung aus Mineralstoffen, Vitaminen, Antioxidantien, Flavonoiden und wie die alle heißen, die genau richtigen Protein-, Kohlehydrat- und Ballaststoff-Anteile, UND die perfekte Omega-3-6-9-Fettsäure-Relation. Dabei is das Angebot auch total abwechslungsreich. *Sie hebt einzelne Produkte auf und hält sie in die Kamera.* Oder man bestellt einfach die Frischware als Zutaten zum Selber-Kochen. Alles auf das beste Nährstoffprofil geneditiert. Und man erspart sich den Einkauf, ach, ich liebe Drohnenlieferungen! *Dazu leuchten ihre Augen gierig-glücklich.* Ihr müsst das wirklich mal auschecken. *Ein diesmal silbern glänzender Link ploppt auf: www.edenfoods.com.*

Das System is smart, alles wird individuell kalkuliert – man kann gar nichts falsch machen! *Sie fasst sich erleichtert seufzend auf den Bauch.* One kriegt alles, was er braucht. Und verdient! *Dabei erhebt sie dozierend den Zeigefinger.* Schließlich wird er wahrscheinlich mal Präsident oder so, na ja, auf jeden Fall ist er was ganz Besonderes. Ich merk das auch, dass ich so multikulturelle Essenstriebe hab, seitdem ich schwanger bin. Das kommt mit Sicherheit von ihm. Wie gut, dass EdenFoods so ein breites Angebot an internationalen Gerichten hat! Und wenn's was nicht gibt, muss es Bret für mich kochen. *Sie lacht laut auf.* Der Körper weiß schon ganz ursprünglich, was er braucht. Ich bin da jetzt auch so in Kontakt mit mir und der Natur ...

Ach ja, bevor ich's vergesse: *Sie tritt einen Schritt näher an die Kamera heran.* Danke für das tolle Echo, das wir für unsere letzten beiden Vlogs bekommen haben. Ihr seid die Besten, Leute, ehrlich! *Die Hand kommt ans Herz.* Ich bin so glücklich über die Schwangerschaftsbauchfotos, und bei den ganzen positiven Kommentaren find ich sie gleich noch viel schöner! Bret wird viele eurer Tipps für den Bau der Kinderzimmermöbel beherzigen, ihr werdet's bald sehn.

So, und zum Schluss geht's noch um den Trainingsaspekt in meinem Programm. Ich muss mich nämlich wirklich stärken. *Sie ballt gespielt die Faust und posiert den Muskelmann, kurz lacht sie auf, fasst sich mit einer Hand an den Rücken und mit der anderen an den Unterleib.* Meinen Rücken, meinen Beckenboden ... da is nix mit nur Bauch-Beine-Po, ihr Lieben! Aber auch dafür hab ich die ideale Lösung gefunden: das Pregnant-Power-System! Ich hab mir die Serie gleich nachhause bestellt. Man mietet die einfach für die Schwangerschaft, super praktisch! Schaut's euch an!

Das Bild faded out. Im Black ist sie noch zu hören: Viel Spaß und bis baaald!

Schnitt. Lilly ist in pinken Leggings und dazu passendem Sport-BH zu sehen. Ihr kleiner Babybauch steht nackt hervor, während der Rest ihres Körpers von straffen Traummaßen zeugt. Sie ist in eine Ansammlung von Geräten eingespannt: Roboterarme, Gewichte, Schläuche und Pumpen sind an unterschiedliche Stellen ihres Körpers angedockt und scheinen sie in unterschiedliche Positionen und Richtungen zu biegen, zu strecken und zu beugen. Lilly schwitzt und lächelt. Das Bild zoomt immer wieder näher an sie heran und zeigt einzelne Körperpartien in erotisch anmutender Großaufnahme. Am Ende schwenkt es auf das Pregnant-Power-Logo auf einem der Maschinenteile. Black.

Müllwunder; versuchter Held

Der Ölfilm an der Oberfläche wird behutsam abgesaugt, um die Kultur im restlichen Becken in ihrem Arbeitsprozess nicht zu beeinträchtigen. Hanno initiiert den Vorgang wie gewohnt. Die großen Pumpen beginnen zu lärmen, langsam wandert die Ölschicht in die Filteranlage, in der das Fett von Wasser und organischen Resten getrennt und zur Weiternutzung abgefüllt wird. Ist der Film vollständig abgeschöpft, wird die nächste Ladung Plastikflocken über ein Fließband in den Tank geleitet. Die Bakterien nehmen ihre Arbeit auf. Sie fressen, scheißen und produzieren damit ein Wunder, so drückt Hanno es aus, wenn er davon erzählt. Hier wird Plastikmüll wieder zu Rohöl gemacht, um erneut für technische und chemische Prozesse zur Verfügung zu stehen und den Tag, an dem alle fossilen Energieressourcen versiegt sein werden, weiter nach hinten in eine düstere Zukunft zu verschieben. Hanno leistet dazu seinen geringen Beitrag; er muss Prozesse überwachen, die mittlerweile beinahe reibungslos verlaufen. Dabei befolgt er strikt die Anweisungen seines Tablets, wartet die Maschinen, tauscht verklebte Filter aus sowie defekte Spulen, der Rest läuft ziemlich von selbst. Dank dieser Technik ist Müll zu einer Ressource geworden und hat einige Großkonzerne dazu veranlasst, die riesigen Plastikmengen aus den Weltmeeren zu fischen, um sie wieder zu Erdöl und damit zu Geld zu machen. Den dazu nötigen Arbeitsaufwand lassen sie sich als Umweltschutzmaßnahme aus den staatlichen Fördertöpfen bezahlen, und die Medien belohnen sie dafür mit lobender Werbeberichterstattung, bis irgendwelche Entscheidungsträger ihnen dann Ökosystemschutz-Innovationsawards verleihen. Wir aber freuen uns, weil der Pazifik wieder etwas sauberer wird, und wenn sich die Fische in den großen Netzen verfangen, ist das eben ein zu verkraftendes Übel, denkt Hanno zynisch.

Nach einigen Monaten des Testens, Anpassens und Perfektionierens sind die Techniker aus der Anlage verschwunden und haben zur Gänze Leiharbeitern Platz gemacht, die stupide genug sind, um die monotonen Kontrollarbeiten zu verrichten; und bedürftig genug, um das eine Weile auszuhalten. So auch Hanno, der hier seit ein paar Wochen seine Tagesschichten schiebt und sich gefreut hat wie ein kleiner Junge über den ersten Schnee im Jahr, als sein Kollege ihm für den Job das Feld geräumt hat – er ist im Zulagen-Paradies.

Eine Müll-Recyclinganlage verursacht einiges an schlechten Gerüchen, das ist mehr als erwartbar, doch das Wunder, das die Bakterienschar in ihrem Tank kontinuierlich vollbringt, birgt als Nebenprodukt eine faulige Wolke, die weit über den üblichen Müllgeruch hinausgeht. Hier stinkt es so ungeheuerlich, dass den Job keiner lange machen will. Selbst mit Gasmaske nicht.

Irgendwann könne man nicht mehr riechen, erzählen sie in der Leiharbeitszentrale, das Gehirn schalte wie als Schutzmechanismus den Geruchssinn einfach ab. Alles erscheine entrückt, sagen sie, beinahe orientierungslos werde man und allerart Gefühle fallen weg sowie Erinnerungen, die einem sonst im Verlaufe des Tages so in den Sinn kommen, bis man merke, wie viele von Gerüchen ausgelöst werden. Man vergesse zu essen, weil es nicht mehr schmecke, verliere die Lust am Sex, weil der Schweiß fehle und die Pheromone. Dann hören sie alle auf, das sei das Geld nicht wert. Und die Leihfirma schickt sie weiter, holt die Nächsten rein. Das Riechen komme wieder, sagen sie, langsam, aber doch.

Hanno verrichtet also weiter seine Stunden, geht dankbar für die Gelegenheit frühmorgens ins Müllzentrum der Stadt und verbringt den Rest des Tages in seinem fauligen Herzen. Je näher er dem Tank kommt, desto aggressiver beißt sich der Gestank in seine Nase; bis in seine Lunge vor, so fühlt es sich an. Sein Gesicht juckt, als stecke es mitten in einem Insektenbau. Hanno versucht sich an seinen Nüstern zu kratzen, ohne die Maske zu verrücken. Womöglich ist er allergisch auf ihr Material. Auch wird ihm der Kopf schwer, so schwer davon, es zieht ihn nach unten, bis sein Nacken irgendwann einknicken wird und die Schwerkraft gewinnt. Leg dich hin, Hanno, schlaf! – Das Bett lockt ihn laut zu sich, manchmal fallen ihm die Augen kurz zu und er hört sie tatsächlich, die Rufe im Dunkeln.

Dennoch genießt er es. Seine Anstellung hier potenziert sein tägliches Opfer, um die Editierung seiner Tochter zu ermöglichen, und gibt ihm damit weiteren Stoff für die Heroengeschichte seines Romans. Bitterlich kämpft Hanno gegen die Müdigkeit, die Erschöpfung und den Gestank; und je mühsamer sich der Tag gestaltet, desto besser. Er hält ihn mental in sich fest, bis er die Zeit haben wird, alles auf Papier zu bringen.

Oft denkt er dabei an seine eigene Kindheit zurück, als er nichts sehnlicher wollte als einen – am besten heldenhaften – Vater. Stattdessen gab es eine Lücke, die seine Mutter mit Schweigen füllte, manchmal auch mit Süßigkeiten. Früh schon hat Klein-Hanno begonnen, seine Frage selbst zu beantworten und seinen Vater zum Inbild des idealen Mannes stilisiert. Von den Nachrichten, Filmen und Geschichten inspiriert, verlieh er ihm immer gute Gründe, seine Familie verlassen zu haben – temporär verlassen zu haben, denn nur eine Frage der Zeit ist es doch – oder Mama? –, bis er wiederkommt, er kommt doch wieder? Mal war sein Vater ein Tiefseetaucher, der am Meeresgrund lebt, um Korallenriffe zu pflegen und sie vor den Auswirkungen des Klimawandels zu bewahren, mal ein bedeutender Feuerwehrmann, der das ganze Jahr über rund um den Globus reisen muss, um bei allen Buschfeuern Spezialhilfe zu leisten, oder ein Astronaut auf dem ersten Spaceshuttle Richtung Mars; und in ganz dunklen Stimmungen wurde er zum Meisterdieb stilisiert, der sich nach seinem letzten großen Coup in den Untergrund absetzen musste. Dazu machte sich der kleine Hanno schlau, verlangte nach Räubergeschichten, Büchern über Raumfahrt, Klimawandel und Meeresbiologie, ließ sich durch die Feuerwehrwache und das Kriminalmuseum führen. Jedes Mal dachte er sich bis ins kleinste Detail in die Welt seines Vaters hinein, als wäre er selbst dort gewesen. Die Phantasien haben ihn aufgezogen, haben ihn getröstet in albtraumgeplagten Nächten und an langen einsamen Morgen, bis seine Mutter aus ihrem Schlaftablettendämmer erwachte.

Lange lief das soweit gut für den Hanno-Bub, und in der Schule hatte er immer gute Geschichten in petto, bis der kleine Daniel aus der ersten Reihe von Hannos Heldenerzählungen endgültig die Nase voll hatte:

Sie stehen auf dem Schulhof, umringt von Kameraden. Die haben die Augen aufgerissen und die Unterkiefer fallen gelassen, während er minutiös von Druckausgleichstrategien beim Tiefseetauchen, Meeresforschungsstationen und der Bedeutung von Korallenriffen für unser gesamtes Ökosystem berichtet – und von seinem Vater mittendrin. Da lacht Daniel verächtlich auf, laut und durchdringend. „Ha! Dein Papa ist ein Nichtsnutz! Das weiß ich ganz genau. Den lassen die nicht auf eine Forschungsstation! Deine Mutter hat er geschlagen, weil er Schnaps getrunken hat den ganzen Tag. Und als sie die Polizei gerufen hat, da ist er einfach abgehauen."

„Woher willst DU das denn wissen?" Hanno winkt belächelnd ab. Daniel aber faucht zurück, mit einer Boshaftigkeit in der Stimme, die Hanno bis dahin nicht für möglich schien. „Mein Vater hat's mir erzählt, und der IST bei der Polizei!" Triumphierend kehrt Daniel sich um und geht ins Schulgebäude zurück, die anderen heißt er mitzukommen. Und alle gehen; es läutet zum Pausenende.

Hanno fühlt seinen Schweiß das Gesicht entlang in den unteren Rand der Gasmaske rinnen. An der Filteranlage kann er bereits die gemessene Menge des reproduzierten Öls ablesen, gleich kontrolliert er den Stand der Bakterienmenge im Becken. Müssen aus der Züchtungsstation welche zugeführt werden? Stimmt das Verhältnis zur Plastikflockenanzahl auf der Anzeige? Alle Lichter leuchten grün. Zufrieden beendet er die Müllzufuhr durch das Förderband. Er überwacht einen sensiblen Prozess, der wie alles Organische nicht jedes Mal nach exakt demselben Muster verläuft. Manchmal sind die Bakterien hungrig, manchmal eben müde.

Von da an war er alleine, mit der Lücke im Kopf und im Haus; seine Mutter hat weiterhin geschwiegen. Doch die wichtigste Zeit über hatten die Geschichten ihm Kraft gegeben und ein Vaterbild, das in jedem Fall besser war als eine bittere Wirklichkeit. Hanno schaudert vor dem Gedanken, sein Vater wäre eine Durchschnittsexistenz gewesen – bedeutungslos – oder gar der von Daniel beschriebene Verlierer. Wer er denn wirklich war, weiß Hanno bis heute nicht, er hat aufgehört zu fragen. Irgendwo zwischen Daniels Version und seinen Phantasiegeschichten wird die Wirklichkeit liegen, die ihm so viel trostloser erscheint als das reine Ungewisse. Sein Vater interessiert ihn nicht; aber der Held umso mehr.

Und er wird einen solchen Helden kreieren, einen, an den man wieder glauben kann, er wird sein Bild in Buchstaben festhalten, auf dass es in ihnen aufgehoben ist, weit über seine Lebenszeit hinaus. Der Müll hier ist der erste Schritt. Und seine Tochter wird sein größter Fan sein, das Buch hochhalten, wie ihren teuersten Schatz. Täglich wird sie verlangen, daraus vorgelesen zu bekommen, auch wenn sie es kaum versteht, es mit ins Bett nehmen und dort selbst verschlingen, sobald sie gut genug liest; und sie wird sagen: „Mein Papa ist ein großer Schriftsteller und er hat nicht geschlafen, bis er genug Geld zusammen hatte, um mich machen zu lassen. Und als ich fertig war, hat er nicht geschlafen, um seinen großen Roman zu schreiben, in langen, einsamen Nächten." Und Hanno wird da sein, wird immer da sein, er wird sie nicht enttäuschen.

Ein Warnsignal ertönt, ein rotes Licht blinkt auf. Das Tablet ruft ihn zu einem Kontaktfehler in Abteilung C.

Suppe kochen

Die vergilbten Leuchtröhren flackern an der Küchendecke, spiegeln sich in einer großen Masse Edelstahl. Mehr wie eine Statue oder ein Maschinenteil als ein Kochtopf, findet Mara, während eine der neuen Freiwilligen sich gerade darüber bückt und angestrengt die Innenseite von braunen Krusten freischrubbt. Man hat ihnen diesen gigantischen Topf aus der Küche eines aufgelösten Krankenhauses überlassen – noch nie hat sie Kochutensilien solchen Ausmaßes gesehen. Allein die Länge der dafür benötigten Suppenkelle ist absurd, als hätte man in einer Welt von Riesen eingekauft. Dennoch schüttelt sie kritisch den Kopf. „Haben die uns nicht zwei davon versprochen?"

Sandra hat sich zu einem dringenden Gerichtstermin aufgemacht, um über ihre Scheidung zu streiten, dabei wie immer Ronno und diesmal auch Jula in Maras Obhut gelassen. „Es tut mir so leid, aber ich muss!" Der Kindergarten bleibt im Moment aufgrund der grassierenden

Kopfläuse geschlossen – warum haben sie eigentlich dagegen noch nichts editiert? –, also muss sie die Kleine durch den Tag tragen. Mara hat es gewagt, sie im Schlummerzustand auf eine Bank zu legen; kaum aufgewacht und ihrer Situation gewahr geworden, beginnt Jula nun bitterlich zu weinen. Wie auf Kommando läuft Mara zu ihr und nimmt sie umsorgend in den Arm. Im anderen hält sie weiterhin ihr Tablet, auf dem sich ihre peniblen Listen und Berechnungen befinden.

„Du darfst mich nicht einfach ablegen!", bestimmt die Kleine gespielt forsch.

„Tut mir leid." Mara küsst sie versöhnlich auf die Wange.

„Ich bin keine Tasche oder so, weißt du?" Jula zieht ein beleidigtes Gesicht. Inzwischen läuft Ronno aufgeregt durch den Raum, dreht sich immer wieder zu Mara und bellt entrüstet los. „Ja, Ronno, ja!", die gewohnten Streicheleinheiten scheinen diesmal keinen Effekt zu haben. Sie kann Sandra nicht ersetzen, die Welt nicht für sie in Ordnung bringen; und Leckerlis hat sie auch keine bereit. Die liegen noch im Büro! Mara schüttelt erneut den Kopf.

Sie steht inmitten ihrer bruchstückhaft zusammengetragenen Suppenküche und fühlt sich fürchterlich; sie hat auf ganzer Linie versagt. Als Freundin, als Ersatzmutter, als Organisatorin hier, als Partnerin. Janes ist seit der Entdeckung noch nervöser als sonst, kaum kommt er noch für einen Moment in ihren Armen zur Ruhe; und nachts wälzen sie beide sich geplagt in alle Richtungen. – Was, wenn ich ihn nicht mehr halten kann? Mara durchfährt ein Zucken; da beginnt Jula wieder zu schluchzen und Ronno bellt wie verrückt los.

Weitere Helfer tragen die Lebensmittelspenden in Kartonkisten herein, heute beginnt der erste Testlauf. Welke Grünkohlköpfe, austreibende Kartoffeln, mehlige Äpfel und schrumpelige Karotten wandern an ihren Augen vorüber. „Ihhh!" Jula rümpft die Nase. „Das kann man noch essen?"

„Aber klar. Das sollte sogar UNBEDINGT noch gegessen werden! Wir müssen nehmen, was wir kriegen können, weißt du? Und kreativ sein mit den Resten." Wie auf Stichwort schneit die neue Köchin bei der Tür herein, das Hemd an den Armen hochgekrempelt, das Lächeln etwas kampfeslustig oder wie bereit zum Abenteuer. Vielleicht bringt für sie beide der Tag heute ja so eines; und Mara hofft, dass die Neue auf alle Fälle ihre rettende Heldin dabei sein wird.

„Na? Das sieht ja schon mal ganz gut aus!", grinst sie Mara leger entgegen, während sie mit bestimmten Schritten auf sie zugeht. „Hallo Süße!" Sie streicht Jula, die immer noch in Maras Arm schaukelt, sanft über die Wange. „Ich bin Mo, wer bist denn du?"

„Jula!" Die beginnt sogleich zu strahlen.

„Schau dich mal um und richte alles ein, wo du's brauchst." Mara lächelt freundlich, ihre Anspannung nicht ganz verbergend. „Ich berechne schon einmal die Portionen."

Mit lässigem Gang geht Mo nach hinten zur Anrichte und beginnt, das Inventar zu inspizieren, Jula blickt ihr interessiert nach.

Mara steckt ihren Kopf wieder in ihre Liste. Reicht das alles hier aus? Wie viel Hungrige nährt so ein Topf? Umständlich tippt sie in die Kalkulation auf ihrem Tablet. Wir haben wesentlich mehr Gemüse als Platz im Topf zur Verfügung. „Wie viel Volumen verliert der Kohl?", ruft sie zu Mo nach hinten, dabei hämmert es in ihrem Kopf. Das ist nicht genug, das wird nicht genug sein, wir müssen mehr Menschen helfen! Ihr Herz pocht laut, immer lauter gegen Julas Wange. Zunehmend panisch scrollt sie durch ihre Listen, sucht nach bestimmten Vergleichszahlen, verliert bald jeden Überblick, bis die fahrige Bewegung selbst zum Ziel wird, um sich irgendwie abzulenken von dem schmerzenden Hämmern in ihrer Stirn. Plötzlich bemerkt sie kleine Schmutzkrusten auf ihren Fingern, sie sind ganz damit übersät; Mara hält inne, mustert ihre Hand. Immer dunkler werden die Dreckspuren, dringen tiefer in ihre Haut ein und breiten sich aus. Sie wachsen von den Fingerkuppen über den gesamten Ballen an ihr hinauf, gleich sind ihre Hände ganz eingefärbt. Mara schüttelt sich, lässt reflexartig ihr Tablet fallen. Sie will losschreien, holt bereits Luft, da holt das Handyklingeln sie schlagartig ins Funktionieren zurück.

„Ich muss mal kurz, Jula." Sie agiert noch halb im Nebel, setzt eilig die Kleine auf dem Boden ab. Die schaut trotzig, getraut sich aber nicht zu protestieren. Jetzt erst merkt Mara, wie sehr ihr Arm schon schmerzt. Sie fischt ihr Handy aus der Hosentasche – es ist Susanne – und hebt sofort ab.

„Hey!"

„Na?" Susanne sprüht hörbar vor guter Laune.

Mara versucht sich zu fassen: „Bist du, bist du nicht bei der Arbeit?"

„Und wie, von da ruf ich an."

„Was ist denn so dringend?", fragt Mara, bemüht sich ihre Verwirrung nicht anmerken zu lassen. Erleichtert blickt sie auf ihre wieder erblasste Hand.

„Keine Sorge, ist keiner im Laden."

„Ich steh mitten in der Suppenküche." Das Hämmern in ihrer Stirn hat aufgehört, nur ein leichtes Stechen in den Schläfen zurückgelassen.

„Glaub mir, so viel Zeit muss sein." Darauf wartet Susanne keine Antwort ab. „Du hast mir ja von der Sache mit der Traumavererbung erzählt und siehe da, ich hab bei meiner Arbeitsrecherche gleich was gefunden. Und was ich gefunden hab! Das ist perfekt für euch. Und ihr seid perfekt für die!"

Mara fühlt sich wieder klarer. Dennoch dringt Susannes Stimme nur dumpf zu ihr durch.

„Die suchen Freiwillige für eine Pilotstudie. Paare mit entsprechender Familiengeschichte. Und fruchtbar natürlich, im passenden Alter. Dann editieren sie ihnen ein Kind, das frei ist von allem. Hier: ‚Die relevanten epigenetisch markierten Gene werden spurlos entfernt und durch nicht-markierte ersetzt.' Da musste ich dich sofort anrufen!"

So viel Aufregung steckt in ihrer Stimme, als wäre die Nachricht für sie selbst bestimmt, denkt Mara, mehr fähig sich auf den Ton zu fokussieren denn auf den Inhalt des Gesprächs.

„Stell dir vor, das können die jetzt, sie schneiden es raus. Alles, was passiert ist in deiner Familie und Janes'. Ich weiß, das ist der Grund dafür, dass ihr keines wollt. Aber ihr könnt jetzt ein Kind haben, ganz frei von allem! Und es kostet nichts, wenn sie euch nehmen!"

„Was? Was machen die genau?", stammelt Mara perplex.

„Du, es kommt Kundschaft. Ich muss. Ich schick dir den Link!"

Ein kurzer Piepton; Susanne hat aufgelegt. Mara steht verloren im Raum, im Hintergrund beginnt Ronno wieder wild zu bellen. Sie steckt ihr Handy zurück in die Tasche und bückt sich nach ihrem Tablet. Es ist noch heil.

#we are all one. Vlog. Vereinte Nationen.

Lilly und Bret erscheinen in Selfiedistanz im Bild, beide tragen Sakko bzw. Kostüm; sie in Weiß, er in Schwarz. Wie in alten Actionfilmen erscheint Buchstabe für Buchstabe geräuschvoll der Bilduntertitel: „Generalversammlungs-Sitzungssaal des UN-Hauptquartiers, New York." Bret beginnt das Bild schwungvoll durch den leeren Saal zu schwenken. Ein Meer aus Stühlen und Tischreihen rast vorbei, es schimmert eine große, goldene Platte hinter einem altarähnlichen Halbkreis des Rednerpultbereichs, bis das Bild auf dem runden Emblem der Vereinten Nationen in der Mitte der goldenen Wand zum Stillstand kommt.

Hier seht ihr's Leute, wir sind wirklich live im Herzen der UNO.

Lilly ruft begeistert aus dem Off: Der Generalsekretär hat uns eingeladen!

Das Bild schwenkt auf einen pakistanischen Mann von circa fünfundsechzig Jahren mit dunkelblauem Jackett und gutmütigem Lächeln. Er nickt in die Kamera.

Daneben steht Lilly und klatscht aufgeregt in die Hände. Herr Generalsekretär, wir sind ja schon von einigen Prominenten und Politikern eingeladen worden, aber SIE zu treffen, ist uns natürlich eine besondere Ehre.

Die Kamera wird abgestellt und Bret tritt ins Bild. Das hat auch ganz speziellen Symbolcharakter. Die VEREINTEN Nationen!

Der Generalsekretär verharrt ruhig in seiner Position und lächelt weiter milde. Das Vergnügen ist ganz meinerseits. Ich finde Ihr Projekt einzigartig, löblich, durch und durch unterstützenswert. Kurzum: Ich bin ein großer Fan.

Das is schön. Danke. *Lilly strahlt zurück.*

Bret blickt ehrfürchtig. Wir freuen uns sehr.

Ich hoffe, die Reise war nicht zu anstrengend für Sie.

Lilly fasst demonstrativ an ihren Bauch. Es ging, es ging. Es ist ja für eine wichtige Sache, da kann man so einen Flug schon mal aushalten. Ich hab Kompressionsstrümpfe getragen. *Da lacht sie laut auf.* Und so kommen wir mal wieder nach New York!

Gefällt es Ihnen?

Bret stellt sich gewohnt breitbeinig weiter in die Bildmitte. Klar, es ist immer cool in New York, und wir treffen auch öfter mal auf Viewer auf der Straße. Ein super Gefühl.

Lillys Tonfall wird geschwätzig, währenddessen lässt sie den Blick schweifen. Mit der verbesserten Simultan-Übersetzungsfunktion ist das ja jetzt alles so leicht geworden –

man erreicht sofort die ganze Welt, und nicht nur die paar Leute zuhause.

Für ein Projekt wie das Ihre ist das auch unumgänglich.

Bret nickt, Lilly blickt weiter gebannt im Raum umher.

Wurden Sie denn schon herumgeführt?

Oh ja. *Bret räuspert sich.* Ein beeindruckendes Gebäude.

Und dieser Saal! Ich hab gleich gedacht, vielleicht wird *One* mal hier stehen und eine Rede halten vor den Vertretern der Welt. *Sie fasst sich wie gewohnt ans Herz.*

Oder er ist einer von ihnen, *ergänzt Bret.*

Wer weiß, vielleicht macht er einmal meinen Job. *Der Generalsekretär lacht gutmütig. Die anderen beiden stimmen ein.*

Ich möchte Ihnen jedenfalls helfen, Ihrer Botschaft Gehör zu verschaffen. Für eine vereinte Welt; und das heißt natürlich: Europa muss seine Grenzen wieder öffnen! Es mangelt jeder internationalen Solidarität. Wir dürfen nicht zulassen, dass sich ein ganzer Kontinent eisern abschottet, um innerhalb seiner Grenzen ein blind-verlogenes Utopia aufzubauen. Von Europa aus so ein Zeichen zu setzen wie Ihres, ist daher von unschätzbarem Wert. *Die ganze Zeit über bleibt er beinahe irritierend regungslos.*

Ja, äh, na ja, das sagen wir so konkret ja nicht. Ich meine, ist es nicht egal, wo man lebt? Wir sind alle eins. *Dabei lächelt Bret etwas dümmlich verlegen.*

Der Generalsekretär antwortet mit entrüstetem Blick. Wollen Sie damit etwa sagen, dass …

Lilly fällt ihm unmittelbar ins Wort. Wir kennen uns da im Detail nicht aus. Ich meine, natürlich wollen wir, dass es allen Menschen gut geht. Aber wie man das am besten erreichen kann, da scheiden sich offenbar die Geister. Und Bret und ich, WIR werden das sicher nicht lösen! *Sie lacht mädchenhaft und schüttelt leicht ihr Haar.* Mit *One* geben wir der Welt ein Symbol für Einheit und Frieden. Was dann die Entscheidungsträger im Einzelnen daraus machen, liegt nicht in unserer Hand.

Und solche Symbole sind natürlich von zentraler Bedeutung. *Der Generalsekretär wird wieder milde.*

Deswegen sind wir hier. *Sie stemmt ihre Rechte in die Taille.*

Dennoch darf man ein derart starkes Symbol nicht einfach ungenützt lassen, wissen Sie?

Lilly lächelt verlegen. Wie meinen Sie genau?

Langsam faltet er die Hände vor seiner Brust. Ihr Kind würde sich ideal für eine entsprechende Kampagne anbieten. Das ist eine einzigartige Chance, die man nicht verstreichen lassen darf.

Eine Kampagne? *Ihre Stimme schlägt leicht nach oben aus.*

Die des Generalsekretärs füllt sich mit Elan. Wissen Sie was, wieso gehen wir nicht einen Happen essen und ich lege Ihnen dabei meine Ideen dar? Wie hört sich das an?

Wie ein prima Vorschlag! Ich brauch was Nährstoffreiches, das spür ich schon. *Lilly seufzt laut aus und lächelt breit. Wieder wandert die Hand auf den Bauch und streichelt ihn in zwei Kreisbewegungen.*

Dafür kann ich sorgen. *Er nickt zufrieden.*

Super. *Bret setzt sich in Bewegung, die Kamera zu holen.*

Der Generalsekretär legt noch ein „Privat“ *nach und deutet direkt ins Bild.*

Bret kommt näher, der Bildausschnitt dreht sich. Sein Gesicht ist nah zu sehen. Ihr habt’s gehört, Leute. Wir gehen jetzt ganz privat mit dem UNO-Generalsekretär was essen.

Nicht traurig sein, wir sehen uns ganz bald! *Lilly drängt sich ins Bild und wirft der Kamera einen Kussmund zu.*

Bret schwenkt noch einmal das Bild zum Generalsekretär. Der nickt erneut. Black.

Die Welt hier nicht willkommen

Mara streift ihre Schuhe von den geschwollenen Füßen ab und lässt sich seufzend auf die Sitzbank ihrer Garderobe fallen. Es ist ungewöhnlich still, allein der Kühlschrank brummt aus der benachbarten Küche. Von draußen war in ihren Fenstern vorhin kein Licht zu sehen. Vielleicht ist Janes zum Abendessen ausgegangen, wissend, dass sie bei der Suppenkücheneröffnung essen würde. Eine Nachricht erhielt sie nicht.

Mara stemmt sich ruckartig aus dem Polster der Bank und schlurft durch die dunkle Wohnung, im Schlafzimmer scheint spärliches Licht. Dort hockt Janes zusammengekauert in der Ecke, in die Bettdecke gewickelt, ein Buch auf dem Schoß, große Kopfhörer auf den Ohren, eine kleine Leselampe an den Buchrand geklemmt. Der Rest des Raumes ist dunkel, auch die Vorhänge sind wieder zugezogen; heute Morgen hat Mara sie zur Seite geschoben, Janes etwas Welt hereinzulassen, bevor er erwacht. Diese Welt aber scheint hier nicht willkommen.

Janes wippt während des Lesens leicht vor und zurück, die Finger spielen nervös mit den Buchseiten. Die Haare hängen ihm zerzaust in die Stirn, Jacke, Straßenschuhe, Laptop und Tasche liegen vor ihm auf dem Teppich zerstreut. Erschrocken blickt er auf, sogleich erweicht sich sein Blick vor Mara, bis ins Kindliche fast. Er legt die Kopfhörer ab, klappt das Buch um seinen Daumen.

„Schatz, was ist denn los?“ Sie geht auf ihn zu und lässt sich neben ihn auf den Boden gleiten.

Es bricht aus ihm heraus: „Ich kann nicht mehr! Da draußen ist alles feindlich.“ Er beginnt leise zu schluchzen.

„Ich bin da, ich bin ja da.“ Umsorgend fährt sie ihm durchs Haar.

„Ich wurde gar nie dazu befähigt, lebensfähig zu sein. Per Geburt nicht, verstehst du?“ Kopfschüttelnd lacht er kurz auf.

„Vor ein paar Wochen konntest du doch noch!“

„Nicht wirklich, nie“, nüchterner wird sein Ton. „Selbstbetrug kleinschrittigen Funktionierens. Sonst nichts.“ Er hält inne, dann lacht er wieder. Mit den Händen auf sich zeigend ruft er kraftlos aus: „Die Prophezeiung unserer Gene, die sich nun zur Gänze erfüllt!“

„Wir machen uns selbst verrückt, seit wir es wissen.“ Mara seufzt laut aus.

„Das kommt wahrscheinlich hinzu."

Nach kurzem Zögern erst entgegnet sie: „Angelegt ist das in uns, ganz klar. Aber die Ausprägung bestimmen wir!"

„Bei dir hört es doch auch nicht mehr auf zu rattern! Du musst und du musst. Und irgendwann hast du dich ganz hergegeben."

Darauf herrscht kurzes Schweigen, Maras Blick wendet sich von ihm ab.

Auch Janes starrt ins Leere. „Wenn du nicht da bist, denke ich jeden Moment, dass jemand die Tür einbricht. Ich denk es nicht, ich fühl es kommen." Er kratzt sich nervös über die Kopfhaut, dann lacht er erneut auf. „Ich weiß nicht mehr, wohin mit mir."

Still ist es kurz, in diesem Dunkel, als würden die Vorhänge tatsächlich die Welt ausschließen, die Autos, den Lärm.

„Bei dir bin ich sicher, nur bei dir." Immer noch abgewandt sagt er das, sich dafür schämend auszusprechen, was sie längst weiß, sie beide längst wissen. Schließlich dreht er sich zu Mara, sieht sie eindringlich an; und vermag nichts zu denken als: Geh nicht! Kurzes Heil. Geh nie mehr. Und er weiß: Er wird die Kuppel einmal zum Bersten bringen, weil er so laut schreien wird müssen vor Angst.

Mara fixiert streng seinen Blick. „Das geht so nicht, Janes! Du bist immer so dramatisch!" Aufmunternd kneift sie ihn leicht in die Seite und küsst ihn auf Mund, Hals und Stirn; gemäß dem Ritual.

Bereitwillig lässt er es geschehen. „Ich weiß ja. Und, was sollen wir machen?“

„Dass ihr nicht die Gejagten, sondern die Davongekommenen seid; das muss die Deutung eurer Geschichte sein.“

„Du hast recht“, willigt Janes ein, glaubwürdig eine Spur erleichtert. „Und auch deinen Opa hat man vor kein Tribunal gestellt. Sonst gäbe es dich nicht.“

Sie dreht sich zur Seite, fasst in ihre Manteltasche. „Susanne hat angerufen heute Nachmittag, sie war ganz aufgeregt; sie hat was für uns gefunden. Seit man die Gene mit den Traumamarkern identifiziert hat, kann man sie rausschneiden.“ Bemüht sachlich berichtet Mara, nicht ohne Zweifel in der Stimme. „Wir könnten uns anmelden. Mit unserer Geschichte. Die könnten uns nehmen. Für eine Studie. Die zahlen das sogar.“

„Du meinst …?“

„Wir könnten ein Kind kriegen, ja. Und es wär ganz frei von allem.“ Sie hält kurz inne. „Wenn wir es schon nicht sind.“

Maras Blick ist erfüllt von einer Hoffnung, der sie selbst nicht traut, denkt Janes.

„Wirklich; was machen die genau?“

„Ich weiß nicht.“

Euphorisch blinken seine Augen. „Na, dann lass uns das recherchieren!"

„Susanne hat mir den Link geschickt." Mara zieht ihr Handy aus der Tasche.

Janes rückt eilig an sie heran, fasst ihr zärtlich an den Arm und blickt ihr über die Schulter. „Zeig her!"

Pink

Er hat sich zur Gänze eingeebnet. So glatt spannt sich ihre Haut über den Nabel, dass nichts mehr verraten werden kann über den Verlust und den Misserfolg ihres Leibes. Auch das Blut ist versiegt, restlos ausgeblutet sind die Überbleibsel dieses Kindes. Susanne streicht über ihren Bauch. Täglich betrachtet sie sich so im Spiegel, um den Fortschritt ihrer Wiederherstellung mental zu dokumentieren. Es ist verschwunden, was alles für sie gewesen ist für ein paar Monate; ein völlig anderes Leben. Susanne nimmt etwas Fleisch zwischen die Finger und zieht es so weit wie möglich nach außen, dann lässt sie es los und zurückschnappen. Überraschend flexibel ist diese Haut. In ihrem Alter würde das schon merklich langsamer vor sich gehen, dachte sie früher, bis das Gewebe sich schließlich ganz der Schwerkraft ergibt. All der Stress, den diese Industrie einem macht! Tatsächlich findet sie sich heute schöner als vor zehn Jahren, oder gar vor zwanzig. Alles

Mädchenhafte langweilt sie, das hat es von Anfang an. Frau zu sein hingegen, kann sie irgendwie akzeptieren – was das auch genau bedeutet. Jedenfalls heißt es leider immer noch: Die Welt ist ihr nicht gut gesinnt.

Es ist das Erste, das man lernt. Da sind fremde Männer, die dir Böses wollen – geh nicht mit ihnen mit, bleib mit keinem irgendwo allein! – warnt die Mutter, der Vater nickt. Was dieses Böse tatsächlich ist, haben sie nicht erklärt. So ist ein diffuses Misstrauen in ihr gewachsen. Als sie es endlich erfährt, hat sich das dumpfe Dunkel schon fest verankert, ist tief in die Träume gesunken. Manche tun das auch mit kleinen Jungs, trotzdem ist ein Mädchen zu sein irgendwie gefährlich, das machen sie klar. Und dieses Wissen bleibt, bildet einen Teil ihrer zentralen Lebenskonstante: die versunkene Ur-Angst und die konkrete Befürchtung einer Frau – auf jedem Weg nachts alleine, bei jedem aufdringlichen Pfiff, jedem vermeintlich anerkennenden Blick ist sie ihr ständiger Begleiter.

Mit den Jahren wurden sie dann deutlicher: Was der Bruder darf, darf die Schwester noch lange nicht. In Clubnächten nämlich kriechen die Dämonen aus den Löchern. Sie haben getrunken und sie nehmen sich ihr Unrecht, wie es ihnen vor die Nase kommt. Dafür mäht der Bruder sonntags den Rasen, während sie in der Küche hilft. So wächst man schließlich in seine Rolle. Vielleicht aber machte es mehr Spaß, auf diesem Traktor zu sitzen, als Zwiebeln zu schneiden und Tomaten zu würfeln, doch sie wurde nicht gefragt.

Sie öffnet die Schublade unter dem Waschbecken und holt eine Anti-Baby-Pillenschachtel daraus hervor. Jetzt ist es wieder soweit. Es ist Zeit, die Kontrolle über ihre Natur zurückzuerlangen. Sie wiegt die Schachtel in der Hand, wie leicht sie ist und wie nichtig sie wirkt, als Susanne sie ein Stück in die Luft wirft und wieder auf der Handfläche landen lässt. Sie betrachtet die pink gedruckten Versprechen darauf: Für schönere Haut und kräftigeres Haar, ganz ohne Regelschmerzen. Jetzt mit noch weniger Nebenwirkungen! Abschätzig inspiziert sie die aufgedruckte Frauensilhouette, deren Becken ungewöhnlich schmal und deren Busen überdurchschnittlich üppig gezeichnet sind.

Als der Bruder schließlich seine Queerness voll entfaltete, gab es großen Trubel. Prompt hat die Mutter seine gesamte Garderobe entsorgt und vergnügte Nachmittage über mit ihm in Einkaufsstraßen nach non-binären Outfits gesucht. Aus Michael ist Mika geworden. Kaum war der Wandel erfolgreich vollzogen, wurde Mika mit großem Gestus überall vorgestellt, ohne gingen die Eltern beinahe nirgends mehr hin. Ins Restaurant sollte Mika sie begleiten, mit auf jeden Ausflug fahren und überall zuerst eintreten, in vorderster Reihe sitzen – wir haben ein queeres Kind! Mika wurde zum Schmuckstück ihrer Toleranz.

Auch die Großfamilie war ganz aus dem Häuschen und ließ sich ungewohnt häufig blicken, brachte Kuchen mit – und Nagellacksets. Alle klopften Mika auf die Schulter – recht so, zeig dein wahres Selbst –, während man Susanne rosa Kleider überstülpte. Sie wehrte sich – sie solle sich doch nicht so haben!

Die brüderlichen Genderacts haben ihre Ketten nicht gesprengt; für ihre Kritik an der Mädchenrolle gab es rundherum nur Unverständnis. Feministische Theorie fand sie Jahre später in historischen Büchern, die sie verschlang, um ihr Unbehagen zu verorten. Frustriert musste Susanne feststellen, dass die feministische Bewegung in die LSBTTIQ-Community übergegangen war und sich mit der Erfüllung derer Forderung nach gesellschaftlicher Toleranz ziemlich aufgelöst hatte. Alle Änderungen – in sexueller Hinsicht oder in beruflicher – hatten letztlich zu keiner Befreiung vom Patriarchat geführt, es nur so untrennbar mit dem Kapitalismus verknüpft, dass man nicht mehr wusste, wer genau der Feind war, geschweige denn, wie man ihn erfolgreich bekämpfen könnte.

Und wieder wird die Welt nicht gerettet.

Sie lässt die zwei Blister im Karton ein paar Mal hin- und herklackern, als müsste sie deren Beschaffenheit erst erforschen. Die kleinen Tabletten scheinen rosa durch die Sichtverpackung. Eine Mädchentablette, für Mädchenangelegenheiten. Susanne schnaubt.

Als sich ihre Cousine mit dreißig einige Eizellen einfrieren ließ, um sich mehr Zeit zu verschaffen, sich ihren Traummann zu suchen, hat die Mutter begonnen, jedes Gespräch mit Susanne in diese Richtung zu lenken, und der Rest der Verwandtschaft eilte bereitwillig zu ihrer Unterstützung. Bei jeder noch so unpassenden Gelegenheit streuten ihre Tanten die Geschichte mit den Eizellen ein und zwar mit einem Nachdruck, als hörten sie die große Uhr im Hintergrund drohend ticken. Susanne hat dazu nur laut gelacht.

Und irgendwann sitzt sie dann selbst am Küchentisch, den Eingriff planend und ganz im Einklang mit ihrem Kinderwunsch, als wäre das und allein das die natürlichste Sache der Welt; als reiner Selbstzweck daher zweifelsfrei gut. Das bedeutet, man könne nur Gutes tun, wenn man es sich leisten kann. Das ist die brutale Conclusio dieser Logik, der sie selbst noch so verfallen gewesen war vor ein paar Wochen, dass sie sie reproduziert hatte, bis sie sich gegen sie gewendet hat. Was war mit ihr passiert?

Ihre Bedenken waren zunächst viel tiefgreifender gewesen. Die Gleichstellung der Frau ist ja eine Lüge, solange wir eben geschlechtliche Gewalt erfahren und – ganz klar –, solange wir für die Reproduktion zuständig sind, dachte Susanne, und es umzudeuten, hat man weder gesamtgesellschaftlich noch Susanne persönlich für sich geschafft. Schließlich könnte man es als Gabe betrachten, wofür sie uns beneiden sollten – ein Wunder, das nur wir vollbringen und sie allein bezeugen können. Ist sich einzufügen also die einzig gangbare Option, und im Einpassungsprozess möglichst präzise zu verfahren, verspricht das zufriedenstellendste Endprodukt? Ein gutes/schönes/angenehmes Leben? Na, mit mir nicht. Mit mir sicher sicher nicht. Sollen sie doch ihre Kinder ganz im Labor produzieren und die Frau befreien von der Last der Brut! Mit der Zeit aber ist Susanne müde geworden, für Prinzipien zu kämpfen und gegen sich. Immer wieder hat sie es rechtfertigend vor sich hergesagt: „Man kann halt auch nicht immer nur gegen sich." Wie viel einfacher ist es da gewesen, sich letztendlich mit der Rolle abzufinden, sich in ihr einzunisten, als wäre sie immer schon ganz ihr Eigenes gewesen. Bis man darin aufgeht, im Gefühl, endlich eins zu sein mit irgendetwas. Und jetzt, was ist jetzt?

Susanne drückt die erste Tablette aus dem Blister – schließlich dürfe man sich nicht vermehren wie ein Tier, nur weil man einen Trieb habe in sich! Sie wirft die Pille in großem Bogen in den Mund, tritt ans Waschbecken heran, lässt etwas kaltes Wasser in ihre zur Schale geformte Hand laufen und schlürft daraus. Das Wasser spült die Pille nach hinten in ihren Rachen, der sich zur finalen Schluckbewegung bereithält. Susanne aber hält inne.

Sie will es wiederhaben, will ihn nichts als wiederhaben,

den ein Leben lang ersehnten Sinn. Doch sie weiß, dass es etwas kosten wird. Wie viel zu zahlen ist sie bereit?

Prustend spuckt sie Tablette samt Wasser in das Waschbecken vor ihr, gefolgt von heftigem Husten. Soll es doch kosten, was es kosten muss. Sie greift nach der gesamten Packung, zerdrückt sie in ihrer rechten Hand. Die scharfen Plastikkanten schneiden in ihr Fleisch. Mit großer Wucht wirft sie den Blister in den kleinen Mülleimer und saugt reflexhaft an ihren Wunden.

#we are all one. Vlog. Das Wunder

Lilly erscheint in Nahaufnahme, das Bild ist schief. Sie wirkt gestresst, bemüht sich aber um ein Lächeln. Um sie ist es beinahe dunkel. Sie geht im Raum auf und ab. Es geht los Leute, ich spür's. Ah! *Sie schreit auf und zuckt vor Schmerz zusammen.* Bret ruft gerade ein Taxi. *Dann atmet sie laut pustend aus.* Es ist zu früh. Aber er kann's halt gar nicht mehr erwarten. *Sie schreit wieder und atmet wie wild ein und aus, hechelt fast.*

Komm, Schatz! *Brets Stimme tönt aus dem Off. Lilly blickt hoch, sein Arm legt sich um ihren Hals. Black.*

Schnitt. Brets Gesicht erscheint vor weißem Hintergrund. Lilly ist schon im Kreißsaal, aber das wird alles noch dauern, meint der Arzt. Der kümmert sich ganz persönlich um die Geburt. Weil's so was Besonderes ist! Er lächelt stolz. Jetzt haben wir noch ein bisschen Zeit, um den multikulturellen und vereinenden Aspekt von Ones Auf-die-Welt-Kommen zu zeigen. Und zu feiern natürlich! Rund um so eine Geburt gibt es ja in den meisten Kulturen besondere Rituale und wir werden alle davon durchführen! Damit One den Segen ALLER Menschen erhält. *Er lacht auf.* Auch wenn das heißt, dass wir in einer Woche ein Schaf schlachten müssen. Und die Plazenta an der Küchenschwelle verbrennen und dann im Garten vergraben.

Lilly ist noch guter Dinge und läuft ein bisschen auf und ab, weil ihr das gegen die Krämpfe hilft. Wir machen eine natürliche Geburt, also ganz ohne Mittelchen. Der Schmerz gehört zum wunderbaren Kreis des Lebens dazu, nicht wahr, Schatz?

Das Bild schwenkt auf Lilly, die nickt und gekrümmt im Entbindungsraum hin- und hergeht.

Bret spricht weiter im Off. Wir fangen mit einem zentralafrikanischen Geburtslied an.

Sichtlich gequält beginnt Lilly zu singen: EI-OH mama ti mbi, ti mbi aso mbi!

Er singt die Antwort voller Elan: Kanda be ti MO! Und noch mal!

Sie presst ein weiteres „EI-OH mama ti mbi, ti mbi aso mbi!" *heraus, dann stöhnt sie auf, fasst sich an den Bauch und pustet gestresst Luft aus.*

Super, Schatz! *Bret richtet die Kamera wieder auf sich.* Sie singt „Ei-Oh meine Mutter, mein Bauch tut mir weh!", und ich antworte mit „Mach dein Herz fest!" Also so was wie „Halte durch!“ *Im Hintergrund tönt Lillys Stöhnen. Er dreht sich zu ihr.* Soll ich ein Stückchen mit dir gehn?

Bild-Ruckeln. Er stellt die Kamera aufs Fensterbrett. Lilly ist nun zu sehen, umherwandernd, ihr Blick etwas verzweifelt. Bret will sich bei ihr einhängen, sie aber winkt ab, ballt die Hand zur Faust und beißt die Zähne zusammen. Er kniet sich nieder, legt die Hand an ihren Bauch: „Du schaffst das, kleiner Mann!“ *Black.*

Schnitt. Lilly sitzt im Krankenbett, ihre Haare stehen ihr in wirren Strähnen vom Kopf, Schweiß liegt auf ihrer in Falten gelegten Stirn. Der Arm des hinter dem Bett stehenden Apparates hält eine Kugel an ihren Unterleib. Ihre Beine sind gespreizt und aufgestellt, dahinter lugt der Doktor hervor, er trägt eine Projektionsbrille. Bret sitzt neben dem Bett und hält Lillys Hand.

Sehr schön, weitermachen, *sagt der Arzt wie nebenbei.*

Ich weiß ja gar nicht, wie ich das machen soll!, *heult sie fast los.*

Der Doktor bleibt weiter gelassen. Atmen und pressen, Sie machen das schon.

Du schaffst das, Schatz. Ich liebe dich. *Bret streichelt ihr über die Wange.*

Es tut so weh, es tut so FUUUCK! Oh fuck fuck fuck! *Sie stöhnt vor Schmerz.*

Vielleicht hilft dir die Tatze! *Bret packt eine präparierte Bärentatze aus seiner Tasche und hält sie an ihren Bauch.*

Dann dreht er sich Richtung Kamera: Das macht man so in der Mongolei. Die Kraft des Bären und so. *Er richtet sich wieder an Lilly.* Du bist stark, Schatz, bärenstark!

Sie schreit los. Ich kann nicht mehr. Scheiße. Ich kann nicht mehr!

Bret drückt ihre Hand und feuert sie an: Bärenstark, Schatz, weiter! Wir machen ein Wunder. Ein Wunder.

Ein Wunder. Wunder, ein. Ah! *Sie lehnt sich ruckartig nach vor und schreit erneut auf.*

Der Apparat blinkt auf und die Roboterstimme ertönt. Pressen, pressen.

Ein Wunder, Schatz, pressen!

Der Doktor stimmt ruhig ein: Ein bisschen noch, Frau Biedermann.

Die schüttelt stöhnend den Kopf und zischt: Ich mach ja, ich.

Der Kopf ist schon da.

Er sieht den Kopf, Schatz!

Pressen, pressen, *tönt die Maschine.*

Lilly prustet und schreit.

Eine Sekunde lang ist es still, bis schrilles Babyschreien einbricht. Lilly fällt erschöpft in ihr Kissen zurück. Der Arzt hebt ein rot-braunes Knäuel nach oben.

Ein Wunder! *Bret springt auf, lässt von Lillys Hand ab, stürzt zur Fensterbank, nimmt die Kamera und hält sie direkt auf das mit Blut und Schleim verklebte Kind. Er nähert sich dessen Kopf und flüstert ihm ins rechte Ohr:* Allahu akbar, Allahu akbar, Allahu akbar, Allahu akbar. *Dann richtet er sich ans linke und flüstert etwas Unverständliches. Anschließend taucht er einen Löffel in ein Honigglas und tropft dem Kind ein wenig davon in den Mund. Das hält kurz irritiert inne. Der Doktor legt das Baby in Brets Arm, der zoomt mit der anderen Hand noch näher heran. Währenddessen durchtrennt der Arzt die Nabelschnur.*

Bret und das Bild nähern sich Lilly, er hält ihr den Säugling vor das Gesicht. Sie blickt erschöpft und fassungslos.

Du musst es duschen! *Er dreht sich zur Kamera.* Das macht man so in Brasilien und in Indonesien. *Wie auf Kommando nimmt Lilly ein Glas Wasser vom Tischchen neben sich und daraus einen großen Schluck. Langsam spuckt sie es über den Kopf des Kindes. Plötzlich lacht sie glücklich auf, nimmt das Baby in den Arm, presst es an sich und küsst es mehrmals überschwänglich auf die Wange.*

Bret zoomt erneut näher an den Säugling heran. Das ist One, Leute. One, das ist die Welt. *One blickt in die Kamera und schreit. Black.*

Schnitt. Lilly liegt seelenruhig, frisch gekämmt und gepudert in ihrem Geburtsstationsbett, das Baby sauber und zufrieden in ihrem Arm. Sie streichelt fasziniert seine Wange, dann blickt sie hoch und schenkt der Kamera ihr breites Lächeln.

Wir haben's geschafft. One ist da, er ist endlich da. Wie dunkel er ist. Ist er nicht das Schönste der Welt? *Sie spielt mit seiner winzigen Hand.* Es ist alles gut. Er ist kräftig und froh, dass er da ist. Hmm? Das bist du doch, oder? Komm, schau mal in die Kamera, sag Hallo zu deinen Fans. *Sie deutet zur Kamera und lacht.*

Bret tritt ins Bild. Mit dem Daumen bestreicht er die große Fontanelle des Babys mit etwas Ruß und Butter, anschließend mit ein wenig Erde. Das soll ihn schützen, da, wo er noch ganz empfindlich ist. Sagt man so in Tibet und auf Neuguinea. *Dann zeigt er eine Holzkiste mit japanischen Schriftzeichen hoch.* Die Nabelschnur haben wir gesäubert und hier reingelegt. Kotobuki bako heißt die in Japan. Das ist für eine gute Beziehung zwischen Mutter und Kind. Jetzt kann eigentlich nichts mehr schiefgehen, oder?

Lilly blickt wie in Trance, lächelt dabei selig. Danke, dass ihr mit uns diesen Weg gegangen seid. Alles ist so erstaunlich. Ich hab's selbst noch nicht ganz kapiert. Wahnsinn, schaut euch das an! Der kleine One. Jetzt ist es wahr. Und das ist erst der Anfang! Die Reise geht weiter, One muss hineinwachsen ins Leben. Und wir halten ihm dabei die Hand. Begleitet uns! Tragt unsere Botschaft in die Welt! *Lilly und Bret strahlen in die Kamera, dabei dreht sie Ones Gesichtchen noch einmal direkt ins Bild. Black.*

Tabula rasa

Mara hebt den Kopf und fährt mit den Augen die in der Sonne schillernde Glasfassade des Hochhauses ab, zu dessen Fuße stehen Janes und sie wie unbedeutende Zwerge. Ihre Einladung hierher jedoch rechtfertigt ihre Anwesenheit und berechtigt sie, um Eintritt zu bitten; Mara fasst nach dem Brief in ihrer Tasche. Den darauf gedruckten Quellcode hält sie vor das Ablesegerät links an der Tür. Ein grünes Licht deutet ihnen einzutreten, zwei Glastürhälften öffnen sich für sie.

Nach Susannes Anruf haben sie nicht lange gezögert, die fehlenden Informationen recherchiert und sich unmittelbar um die Aufnahme in die Studie beworben. Ihre Familiengeschichten konnten anscheinend überzeugen –„weil wir die Kaputtesten sind", hat Janes gesagt. Nach einer Reihe medizinischer Tests mit ihnen noch unbekannten Ergebnissen, die sie in einem nahe gelegenen Krankenhaus über sich ergehen lassen mussten, sind sie nun hierhergebeten worden, ohne weiteren Kommentar. „Wir sind wohl falsch genug, oder eben genau die Richtigen“, so hat es Mara formuliert.

Die Sonne scheint grell durch die gläserne Halle. Hände haltend steigen sie in den Lift und lassen sich in den zwölften Stock bringen, die Mechanik summt dabei fast lautlos. Der Innenraum ist vollverspiegelt und auffallend blankgeputzt. Janes betrachtet sich und Mara, ihre Relation zueinander – Maras spitze Nase, die vollen Lippen und dichten rotbraunen Locken, seine großen Kulleraugen, den beinah pechschwarzen Schopf, und beide sind sie gerade richtig rund, und das an den passenden Stellen – ja, er befindet: Sie sind ein schönes Paar.

Sie treten in den Flur hinaus, auf dem ihnen bereits Schritte entgegeneilen, laut hallend durch den Raum. Eine großgewachsene Blondine mittleren Alters lächelt aus ein paar Metern Entfernung erfreut in ihre Richtung, ihr Labormantel verschwindet beinahe vor dem makellosen Weiß der Wände. Janes und Mara verharren etwas verhalten in ihrer Position, kurz bevor die Frau bei ihnen angekommen ist, ruft sie bereits aus: „Ah ja, sehr schön!“ Der Türcode hat die beiden wohl schon angekündigt. Endlich ist sie nah genug, bestimmt schüttelt sie ihnen die Hand. „Winters, freut mich. Wir haben Sie erwartet.“

Mara setzt ihr professionelles Lächeln auf. „Wir freuen uns auch.“ Janes nickt freundlich.

„Kommen Sie, ich zeige Ihnen alles", fordert Frau Winters sie mit schwungvoller Geste auf, ihr zu folgen, nicht ohne Stolz im Blick. Sie führt die beiden durch den langen Gang, von dem seitlich eine Reihe weißer Türen abgeht. In *lab 1220* sind sie richtig, grünes Leuchten begleitet sie hinein.

Das Innere des Labors ist genau so ausgestattet, wie sie es sich vorgestellt haben. An den Wänden ragen Regale voller Petrischalen, allerlei Behältern mit Kulturen und Flüssigkeiten, Boxen mit Glasröhrchen, Pipetten und Spritzgeräten in die Höhe, in der Mitte sind Tischreihen, an denen Mitarbeiter in weißen Laborkitteln, Masken, Handschuhen und Haarnetzen in ihre Projektionsbrillen vertieft vor allerlei Geräten sitzen; ein großer Kühlschrank steht in der Ecke. Der Raum ist in Neonlicht getaucht, alles ist in Weiß gehalten oder mit Stahl verkleidet. Auf schwarzen Platten liegen Petrischalen unter einer großen Linse, von links und rechts halten Roboterarme Injektionswerkzeuge in die Flüssigkeit in der Schale, andere bedienen Zentrifugen und Spritzgeräte, während die Wissenschaftler die Prozesse überwachen und programmieren. Niemand scheint von ihrer Anwesenheit weiter Notiz zu nehmen, als sie Frau Winters folgend die Reihen abgehen. Am anderen Ende des Raumes angekommen, rückt sie zwei freie Stühle für sie zurecht. „Setzen Sie sich bitte!" Mara und Janes platzieren sich folgsam vor einem der Injektionsapparate, sie sich daneben. „Das ist also unser Labor. Mir war es wichtig, dass Sie einen Einblick in unsere Arbeit bekommen. Wir stehen vor einem bedeutenden Schritt in der Menschheitsgeschichte. Und ich freue mich sehr, dass Sie auf unsere Studie aufmerksam geworden sind und uns dabei helfen." Ein begeistertes Lächeln huscht über ihre Lippen. „Ich zeige Ihnen erst mal alles." Sie nimmt zwei Projektionsbrillen vom Tisch und reicht sie den beiden. „Keine Sorge, ich werde jetzt nicht zu technisch." Kurz lacht sie leger, dann setzt sie sich mit professioneller Miene eine der übrigen Brillen auf. Mara und Janes tun es ihr gleich.

Eine große, durchsichtige Blase ist zu sehen, in deren Kern sich eine rötlich eingefärbte Masse befindet; die Stimme der Studienleiterin legt sich wie als Voiceover über das Bild. „Hier sehen Sie die Eizelle eines unserer anderen Probandenpaare." Links wird die Blase von einer Art Halterung gestützt, während von der rechten Seite eine Injektionsnadel in ihre Oberfläche stößt. „Nun wird sie in einem Schritt mit einem Spermium befruchtet und zugleich mit unserer klassischen Methode geneditiert." Aus der Nadel tritt ein wenig Substanz mitsamt einem winzigen Kügelchen in die Blase ein, dann entfernt sich langsam der Kopf der Spritze. „So schnell und einfach sieht das aus, nicht? Was aber passiert genau?" Das Bild wird einen Moment lang schwarz; eine Animation beginnt. Langsam baut sich ein DNA-Strang auf, kleine Brocken schließen sich um einzelne Bereiche der Doppelhelix, zwei rote Kreise zeichnen sich darüber. „Sehen Sie die beiden markierten Regionen? Da ist die Angst und da ist die Schuld." Sie lässt den Satz eine Weile wirken, während Mara und Janes gebannt auf die Animation ihrer Emotionsgeschichte starren. Dann setzt sie wieder weiter erklärend ein. „Jetzt mal ganz vereinfacht ausgedrückt. Wir nennen sie auch gerne ‚Trauma-Gene'. Und genau hier haben sich diese epigenetischen Marker gebildet, wie Sie sehen. Dadurch wird das Ablesen der Gene blockiert. Wir beauftragen nun unsere Genschere damit, diese methylierten Gene zu entfernen, um sie zu ersetzen, damit alles funktionstüchtig ist wie bei nicht-traumatisierten Menschen."

Ein Gebilde, in das rot eingefärbte Teile eingeschlossen sind, die genauso wie DNA-Stücke aussehen, nähert sich der Doppelhelix und dockt an ihr an. An dieser Stelle bricht die DNA-Kette nun auf und ein Part daraus gleitet weg. „Also wird unser Schnittwerkzeug mittels eines Lotsen, das ist eine dafür produzierte RNA-Kette, und gemeinsam mit einer gesunden, also epigenetisch unmarkierten Variante des Gens, auf den Weg geschickt, auf dass es an der richtigen Stelle den DNA-Strang der Eizelle schneidet und das ‚traumatisierte' Gen entfernt." Währenddessen lösen sich die roten RNA-Teile aus dem

Gebilde und fügen sich anschließend in die freiliegenden Schnittpunkte am DNA-Strang ein. Die Doppelhelix wächst makellos zusammen. „Danach repariert die Zelle selbstständig ihre DNA und schließt mittels des mitgeschickten gesunden Gens den Schnitt. Das machen wir zweimal, einmal für das von der Mutter und einmal für das vom Vater stammende Allel."

Das Bild blendet in eine Eizelle über, die sich langsam in zwei aneinanderliegende Blasen teilt. „Nach achtundvierzig Stunden ist die DNA vollständig nach unseren Wünschen umgewandelt, während bereits die Zellteilung eingesetzt hat." Der Prozess setzt sich weiter fort, die Blasen vermehren sich exponentiell, bis acht zu sehen sind. „Wir warten insgesamt sechzig Stunden bis zum Acht-Zellstadium, um schließlich eine der Zellen zu entnehmen und auf den Erfolg der Methode hin zu überprüfen." Eine Art Pinzette fährt ins Bild und entfernt eine der Zellen, während die anderen ungestört weiterwachsen. „Hat alles geklappt, kontaktieren wir Sie unverzüglich und leiten die Einsetzung ein."

Die Animation wird ausgeblendet und die Aufnahme aus der Laborschale wieder ein; die Eizelle liegt unverändert da. „Diese Eizelle hier ist allerdings ein nicht ganz so idealer Fall wie Ihrer, da ein Großelternteil ein unversehrtes Allel in den Genpool eingebracht hat. Doch wir wollten ehestmöglich mit unseren Versuchen starten, bevor die potenzielle Konkurrenz etwaige Erfolge publiziert. Sie wissen, wie das ist. Aber jetzt haben wir Sie gefunden. Oder vielmehr Sie uns." Mara und Janes hören, wie etwas auf den Tisch gelegt wird, darauf setzen auch sie die Brillen ab und lassen einen Moment lang schweigend ihrem Wahrnehmungsapparat etwas Zeit, sich wieder an die analoge Welt anzupassen.

„Ihr familiärer Hintergrund ließ uns sofort aufhorchen. Unsere Tests an Ihnen haben schließlich alle Annahmen und bisherigen Erkenntnisse bestätigt. An Ihnen beiden fanden wir stark ausgeprägte Methylierungen an den entsprechenden ‚Trauma-Genen', die im Normalfall im Emotionszentrum ihres Gehirns aktiv sein sollten. Das führt nun zu je unterschiedlichen Aktivierungsmustern in ihrer Amygdala, auch das haben unsere Untersuchungen ergeben. Darüber hinaus, und das war für uns ein kleiner Grund zu feiern, entdeckten wir bei Ihnen beiden jeweils zwei markierte Allele dieses Gens. Das hilft uns insofern, als wir den Zufall damit ausschließen können. Schließlich soll ja mit Sicherheit unsere Methode allein für das traumafreie Gen verantwortlich sein. Sie sind für uns sozusagen ein Glücksfall."

„Ein Glücksfall?" Erstmals bricht Janes aus seiner Zurückhaltung.

„Genau. Sie müssen sich das so vorstellen: Auf einem Genort im Chromosom sind immer zwei verschiedene

Varianten eines Gens, Allele genannt. Aus Ihren jeweils zwei Allelen kommt je eines in die DNA der befruchteten Eizelle, welches davon wird zufällig bestimmt. Wenn Sie nun lediglich an einem Ihrer beiden Allele des ‚Trauma-Gens' die entsprechende Markierung hätten, könnte auch zufällig gerade das intakte Allel weitervererbt werden. Das wäre natürlich für unsere Studie ungünstig. Schließlich wollen wir eine Methode etablieren, die der Menschheit den Frieden bringt. Unsere Analysen allerdings bezeugen Ihre Geschichte, keiner von Ihnen beiden besitzt eine unversehrte Variante."

Janes nickt ernst. „Verstehe."

„Flapsig ausgedrückt: Wenn wir's bei Ihnen hinkriegen, wird es bei allen klappen." Erneut bricht Frau Winters' Lächeln einen Augenblick lang ihre professionelle Maske.

Mara hakt weiter nach: „Und das soll der Menschheit den Frieden bringen?"

Die Wissenschaftlerin blickt bedeutsam, legt eine gewisse Feierlichkeit in ihre Stimme. „Ganz richtig. Ihr Kind wird ein Friedensbaby sein." Darauf wenden sich Janes und Mara zeitgleich zueinander, als müssten sie im Gesicht des anderen Bestätigung oder Antwort suchen. Einen stummen Moment lang ruhen ihre Augen aufeinander, bis die Studienleiterin unbekümmert in die Blickstille einbricht. „Sehen Sie, wir dachten immer, wir würden den Hass der nächsten Generation anerziehen, wir nährten ihn. Warum jedoch haben wir es bis heute nicht geschafft, an diesem Regress der Weitergabe etwas Wesentliches zu ändern? Offensichtlich werden wir unsere Dämonen nicht los, selbst wenn wir es bereits besser wissen. Und so fortschrittlich sind wir heute, so weit sind wir schon gekommen. Die Geschichte wiederholt sich, wie sehr wir uns auch bemühen. Warum aber ist das so schwer, warum entkommen wir ihr nicht? Nun wissen wir, dass diese zweifellos vorhandene Erziehung auf einer genetischen Disposition aufbaut. Das heißt, wir können nicht anders, wir kommen schon markiert auf die Welt. Mit der Last unserer Vorfahren, mit ihren Ängsten, ihrer Schuld, mit ihrem Krieg. Und wir tragen ihn weiter, ohne Wahl. Wir hier aber ermöglichen den Neustart. Wir setzen die Voraussetzungen für den Frieden in der Welt, indem wir die Geschichte löschen. Oder vielmehr das Leiden daran. Können wir das zwar nicht in uns, so tun wir es wenigstens für unsere Kinder. Tabula rasa, verstehen Sie? Stellen Sie sich einmal vor, was das bedeutet! Insbesondere für Regionen mit einer langen, andauernden Konfliktgeschichte, in denen Menschen ähnliche, vererbte und immer wieder aufgefrischte, kriegsbedingte traumatische Hintergründe haben. Und wie viele davon finden sich auf der Welt! Wir aber bieten die Lösung, eine Chance. Wir schaffen die Voraussetzung. Und dann“, sie hält kurz inne, „schließen wir Frieden, miteinander, mit uns selbst und mit unserer Geschichte.“

Mara fixiert Frau Winters mit durchdringendem Blick. „Sie meinen also, Sie können den Krieg rausschneiden aus den Menschen und den Frieden rein?"

„Sozusagen."

Sie fasst sich mit der Rechten an den Unterbauch und blickt die Wissenschaftlerin entschlossen an. „Wann können wir anfangen?"

„Sobald Ihr Ovarialzyklus soweit ist."

#we are all one. Vlog. Heimkommen

Lilly und Bret sitzen auf dem Rücksitz eines Wagens, Bret drängt sich von der Seite gerade noch ins Bild. One liegt im Babysitz in der Mitte, er trägt einen gelben Strampler und ein besticktes Band um den Kopf.

Lilly lächelt ungewohnt ruhig und ehrlich froh. Jetzt ist es so weit, wie angekündigt dürfen wir heute nachhause. Als ganze Familie. Willkommen in unserm neuen Leben!

Die Kamera fokussiert das Baby, Bret spricht ins Bild. Und wie ihr seht, setzen wir die Rituale fort. Den gelben Strampler tragen die Neugeborenen in Brasilien und das Band in Afghanistan, für ein Hallo und viel Glück im Leben. Dazu das am Arm. *Er zoomt auf Ones Handgelenk, um das enganliegend ein dicker Wollfaden gebunden ist.* Aus dem Jemen. Damit die bösen Geister nicht sein Herz erobern.

Lilly beugt sich zum Baby hinunter und macht ihre Stimme weicher. Das kleine, süße Herz. *Sie streicht ihm über die Wange.* Wir sind gleich da, One, gleich sind wir zuhause. Schau, da ums Eck ist unsere Straße. *Sie deutet hinaus.*

Plötzlich ist ein jubelnder Aufschrei zu hören. Oh, wow!, *ruft Bret aus. Die Kamera schwenkt ruckartig aus dem Fenster: An beiden Straßenrändern steht eine tobende Menschenmenge, die sich einige Meter die Gasse entlang fortzieht, schließlich um ein Wohnhaus verdichtet und zur Gänze die Straße verschließt. Im Schritttempo fährt das Auto an den Leuten vorbei.* Wie schön! *Lilly strahlt und lässt das Fenster herunter, sie winkt hinaus, zwischendurch schickt sie Luftküsse. Der Wagen hält vor dem Menschenmeer. Bret steigt aus und geht um das Auto herum. Das Bild dreht sich an den Fans vorbei, die einen Respektabstandskreis um das Taxi gebildet haben. Seine Hand öffnet die andere Wagentür, aus der Lilly aussteigt, in einem knielangen, beige glänzenden 1950er-Jahre-Kleid, mit dem Baby auf dem Arm. Zeitgleich ertönt erneutes Jubelaufbrausen, die Kamera schwenkt einmal über die tosenden Fans und zurück. Das Bild kommt bei einem natürlich blonden Mädchen zum Stillstand, das mit Brille, Pony und Hosenträgern verschüchtert in die Kamera blickt.*

Bret spricht zu ihr aus dem Off: Könntest du bitte das Filmen übernehmen?

Verblüfft reißt sie die Augen auf. Was, ich? Wow, ja. Klar doch, klar. *Sie lächelt stolz. Das Bild ruckelt und ändert die*

Perspektive. Der Ausschnitt zeigt nun die Familie Biedermann, wie sie durch einen Gang, den die Menge bereitwillig freiräumt, auf ihr Haus zugeht, dabei konstant nach allen Seiten winkend.

Vor dem Gartentor liegt ein Haufen Glückwunschkarten und Geschenkpakete, Bret bahnt ihnen einen Weg hindurch, in dem er alles auf die Seite stapelt. Währenddessen wiegt Lilly das Baby hin und her und strahlt zur Seite in die Menge. Sobald ein schmaler Gang freigeräumt ist, gehen sie bis zur Gittertür hindurch, treten auf die Schwelle und drehen sich zu den Leuten um. Der Jubellärm verstimmt langsam zu einer gebannten Stille.

Währenddessen nimmt Bret das Kind aus Lillys Hand und streckt es feierlich gen Himmel. Das ist One! *Kein Laut ist zu hören, andächtig blicken die Fans auf das Kind.*

Lilly legt ihre Hand ans Herz und wischt sich Tränen aus den Augen. Danke, danke, dass ihr alle da seid! Das bedeutet viel für uns, das bedeutet viel für die Welt! *Kurzer Jubel, sie blickt ergriffen und pausiert, bis erneut Stille eingetreten ist.* Wir werden weitermachen, weitervloggen. Wir bereisen mit One alle Länder der Welt und verbreiten die Botschaft.

Bret und Lilly rufen gemeinsam aus: We are all one!

Jubelschreie folgen, Pfiffe, Rufe und tosender Applaus. Black.

Paarallelen

Puder, Feuchttücher und Windeln, daneben Milchflaschen und Schnuller in allen möglichen Farben, ein ganzes Babyproduktemeer liegt vor ihr. Falscher Gang, hier kauft man ein, wenn man erfolgreich gewesen ist, denkt Susanne und wandert die nächste Reihe ab, eine ganze Regallänge verschiedener Haarentfernungsprodukte, über Laser für den Heimgebrauch und den kürzlich auf den Markt gebrachten Blitzsäurestreifen ist alles da. In der letzten Ecke versteckt stehen die Tests, die sie sucht. Das sind die paar bereitgestellten Ladenzentimeter für die Mittellosen, die sich kein Kind editieren, für die Ökos, die selbst die neue Pille verweigern, für alle, die „zu dumm zum Verhüten" sind; ein Regal der sozialen Ächtung. Widerwillig liest sich Susanne durch das Angebot.

Schwangerschaftsschnelltest ab dem ersten Tag nach Fälligkeit der Periode, oder den ab dem Tag der fälligen

Periode? Sie runzelt die Stirn und seufzt. Wer kann schon mit Sicherheit sagen, was in diesem von der Fehlgeburt gebeutelten Körper vor sich geht, der jahrzehntelang nichts anderes gekannt hat als eine wissenschaftlich zur Perfektion geführte Hormonregulierung? Fest steht, Susanne empfängt Signale eines Leibs, den sie nicht mehr versteht, vielleicht auch nie verstanden hat. Ihre Brüste schmerzen; hart und druckempfindlich stehen sie wie ein Fremdkörper von ihrem Brustkorb ab und signalisieren, dass etwas vor sich geht.

Nur was, das können sie nicht sagen. So haben sie auch vor ein paar Monaten nach der Einsetzung reagiert; der Analogieschluss liegt nahe. Genauso könnte es sich um dieses prämenstruelle Syndrom handeln, das vor der Regelblutung auftreten kann, wenn man den Körper nicht um seinen Rhythmus betrügt. Die Antwort aber liegt nur in dem Morgenurin, der schon vorbereitet in einem Glas neben der Toilette steht.

Susanne greift ratlos zum teuersten Produkt und lässt es in ihre Tasche gleiten, blickt sich nervös um, obwohl ihr niemand in den Gängen begegnet ist. Schon kurz vor Geschäftsöffnung hat sie draußen gewartet und ist hereingestürzt, sobald die Zeitschaltung die Tür aufschloss. Raschen Schrittes verlässt sie jetzt den Laden. Die Türschranke blinkt grün bestätigend hinter ihr auf.

Das erste Tageslicht sticht in seinen Augen, die Nachtschicht geht ihrem Ende zu, so auch Hannos Kräfte. Zwei Projektionsflächen hat er noch zu warten, dann kann er für kostbare vier Stunden nachhause gehen, bis er sich erneut auf den Weg machen muss, um sich für weitere acht Arbeitsstunden um ein paar Millionen Wunderbakterien zu kümmern. Das ist jetzt sein Leben und das wird es auch weiterhin sein, bis er heldenhaft die nächste Editierung finanziert hat.

Er fühlt die Tage länger werden, seine Aufmerksamkeitsspannen umso kürzer. Die nächtliche Arbeit an den Werbeflächen erscheint ihm noch stupider als die tagsüber in der Plastikmüllanlage – Hanno sichert allein die Verbreitung des Konsums. Mit Nachtarbeitsbonus, immerhin, und Gefahrenzulage. Jemand muss schließlich dafür sorgen, dass die Werbeflächen weiterhin funktionstüchtig ihre Botschaften verbreiten. Was für eine Aufgabe! Möglichst unterbrechungsfrei soll dabei die Reparatur vor sich gehen, um die kollektive Bedürfnisgenerierung auf dem neuesten Stand der Technik sicherzustellen.

Auch bei diesem Posten liegt alles am Tablet in seinen Händen, das der Kopf seiner Tätigkeit ist. Dadurch kann einem nahenden Ausfall sogar schon zuvorgekommen werden. Die Elektronik erfasst das Lebenszeitende der Hardware und leitet es bis zu Hanno, der dann prophylaktisch die sterbende Technik ersetzt. Jeder Werbeminutenausfall würde wohl mehr finanzielle Einbußen bedeuten als der ständig verfrühte Kauf neuer Teile.

Gar nicht schnell genug kann es für Susanne jetzt nachhause gehen, doch der Trubel arbeitet gegen sie, wie das Klumpengebilde in ihrem Magen und der Nebel hinter ihrer Stirn. Alle wollen in die Innenstadt, nur sie will heraus, will nichts als ein paar Minuten mit dem Glas im Badezimmer.

Gerne hätte Hanno gewusst, wie hoch die Miete für eine Werbesekunde ist. Was würden wohl ein paar Augenblicke auf allen Projektionsflächen des Landes kosten? Und was würde er verbreiten, wenn er diese Zeit zur Verfügung hätte? Manchmal träumt Hanno von genau so einer Werbung für sein Buch, einem kurzen, aber unwiderstehlichen Clip, der an die Heldensehnsucht in uns allen appelliert.

Susanne schlängelt sich den Weg entlang, dabei hält sie ihre Tasche fest, als transportierte sie eine große Menge Bargeld zur Bank oder von dort zu einer geheimen Übergabe. Doch niemand kümmert sich um sie. Alle hasten vorbei, gedankenversunken, nutzen jede freie Minute für die Entwicklung neuer Innovationen, um immer bessere Produktideen bei ihrer Kreativarbeitsstelle abzuliefern oder ihrem eigenen Start-up auf der Börse weiteren Auftrieb zu verschaffen. Die Räder rattern in ihnen, rattern und rattern, rollen ihnen davon.

Hitze, Gestank, Schweiß, Hannos Held kämpft gegen die Erschöpfung. Er klettert hoch hinauf, um ein wichtiges Pumpenventil auszutauschen. Kühlwasser muss zugeleitet werden, bevor die Anlage überhitzt. Die Anzeigen schlagen Alarm, es dampft und zischt. Seine Adern treten hervor, man sieht die muskulösen Arme. Dazwischen Szenenfetzen mit seiner Frau, wie sie zusammenbricht, im Krankenhaus das Kind verliert. Wieder er bei der Schichtarbeit, beschleunigt jetzt, die Musik im Hintergrund dramatisch-mitreißend. Die Projektion zieht die Zuschauer in die Bilderwelt hinein; sie werden er, fühlen die Anstrengung, die Verantwortung und die Befriedigung darin. Sie kämpfen mit ihm um dieses Kind. Am Ende tritt Hanno als Autor ins Bild, sein Gesicht geht langsam in das Buchcover über. So klar sieht er den Clip vor sich. Die Verkaufszahlen wären gigantisch, in den Bibliotheken auf Monate hin alle Exemplare ausgeliehen. Wenn er nur so ein paar Sekunden hätte! „Siehst du meinen Papa? Auf den Projektionsflächen ist er, auf der Straße, überall!", würde seine Tochter sagen und nie vergessen, wie sie zum ersten Mal vor einer Hauswand die überlebensgroße Darstellung seines Gesichts gesehen hat, wie von einem Schauspieler. „Der Papa! Das ist der Papa!" Ihre bunten Augen strahlen.

Stattdessen aber laufen Werbungen für vollautomatische Rasenmäher, Staubsauger und Schnellkochtöpfe, oder für die nächste Wunderschlankheitspille.

Für Susanne wird jeder Schritt beschwerlicher, die Orientierung mühsamer, sie merkt, der Schwindel ist ihr dicht auf den Fersen. Doch sie zwingt sich tapfer weiter, bis sich die Straße endlich zu einem Platz öffnet und der Trubel sich lichtet. Susanne drosselt ihre Schrittgeschwindigkeit, versucht alles Unwohlsein aus sich hinauszuatmen. Währenddessen fallen ihr die Holzbänke an den Rändern des Platzes ins Auge, die je ein junger Mann besetzt, reglos darauf liegend. Sie schlafen nicht, sie starren in ihre Projektionsbrillen, sind längst weit weit weg gefallen. Einem läuft die Spucke heraus, die Mundwinkel zucken. Seine Kleider sind dreckig, die Haare ungepflegt; er ist sicher ein schöner Avatar.

Die Automatisierung des Produktions- und Agrarsektors hat viele Verlierer hervorgebracht, jene, dessen Naturell für die Kreativarbeit in Produkt- und Werbebranche nicht gemacht ist, die nicht charmant genug sind für Beratungen im Verkauf oder für andere Dienstleistungen, und deren Ausbildung zu einem Posten in Management, Wissenschaft, Technik, Kultur oder Politik nicht reicht. Es bleibt ihnen allein das Sozialamt, so sie noch funktionsfähig genug sind, um dessen Auflagen zu erfüllen. Fällt man durch das staatliche Netz, fangen meist karitative Einrichtungen einen auf, Vereine wie Mara einen führt, für all die Opfer der digitalen Sucht. Zusätzlich zur produzierten Nutzlosigkeit einer breiten Gesellschaftsschicht für das Spiel des Kapitals kamen die immer verlockenderen Fluchtangebote in eine andere Welt, deren Resultat hier nun die Parkbänke besiedelt. Verlierer sind sie allerdings nur bedingt. Die Formel ist einfach: Je gekonnter man sich in der digitalen Projektionswelt bewegt, desto ungeschickter wird man in der realen, und je früher man damit anfängt, desto beschwerlicher ist der Weg zurück. Die reale Welt aber ist hart, Susanne verdenkt es keinem Kind, das darin nicht leben will, wenn die Alternative so viele Möglichkeiten bereithält, zur Traumverwirklichung oder schnellen Lustgewinnung – Pornos, Spiele, neue Welten, alles Erdenkliche ist da. Susanne senkt den Blick und geht weiter, mit dem beruhigten Gewissen, dass es Leute wie Mara gibt, die sich an ihrer statt mit vollem Einsatz um die Junkies kümmern.

Hannos Tablet blinkt rot auf: Modul 3e muss ausgetauscht werden! Das Bild vor ihm wird schummrig, er beißt sich fest auf die Unterlippe. Ein paar Momente lang lässt der Schmerz ihn wieder klarer sehen. Hanno schnappt sich seine Ausrüstung und eine große Leiter vom Dach des Dienstwagens. Ausnahmsweise muss er sich heute mit dieser behelfen, da die eingebaute Rampe gerade einen Defekt aufweist. So nähert er sich der nächsten Projektion und legt vorsichtig die Leiter an die Wand daneben.

Nur ein paar Straßen muss sie noch kreuzen, die Gewissheit ist nah.

Täglich kommen ihm nun stärkere Zweifel, die Erschöpfung nagt an seiner Hoffnung. Vielleicht machen sie sich etwas vor; Susanne dabei wohl weniger als er. Ein paar Wochen lang ist er fest davon überzeugt gewesen, der neue Müllposten würde reichen. Doch es ist lange nicht genug. Ja, er wird es nicht zusammen haben, bis sie alt sind und grau. Das verflixte Geld! Nicht genug für die gesamte Editierung, das steht wohl fest. Hanno schwindelt buchstäblich bei dem Gedanken, er hält sich an den Leitersprossen fest, atmet tief ein.

Von Weitem schon sieht sie die Fassade ihres Hauses aufblitzen, wie als Fingerzeig scheint gerade die erste Morgensonne auf das dunkle Braun der Eingangstür, während der Rest der Straße noch im Dämmer liegt.

Die Augen wenigstens, denkt er, alle Farben der Welt für sie! Wenigstens die wird er ihr schenken, eine Besonderheit, die man sofort bemerkt, die nie vergeht. Und wenn er ihr auch nichts geben kann im Leben als diese Augen, und sein Buch, er wird alles tun, alles, um das, wenigstens das zu erreichen. Hanno klettert weiter die Leiter hinauf. Was sollte er sonst?

Susanne wird schneller, ihre Schritte werden größer; sie beginnt zu laufen, gazellengleich. Ein paar Meter vor dem Ziel schon fischt sie den Schlüssel aus der Tasche, wie die Verlängerung ihres Fingers hält sie ihn nach vorne gestreckt, erreicht die Tür, das Schloss, sperrt auf.

Schwer liegen seine Lider auf den Augäpfeln. Vor ihm auf der Projektionsfläche schlemmt gerade ein Model lasziv an zuckerfreiem Eis.

Sie sprintet die Treppe nach oben. Der Klumpen in ihrem Magen zieht sich zusammen und drückt weiter nach unten, während ihr Herz immer schneller und schneller zu klopfen beginnt, bis es rast und springt, als wollte es nach oben hinaus. Susanne stürzt durch ihre Wohnungstür und den Gang entlang ins Badezimmer.

Hanno streckt sich durch das Model-Gesicht zum Hardwaregehäuse und nimmt den stählernen Deckel ab. Diesen hängt er durch die dafür vorgesehene Öse an den Karabiner seines Gürtels, ungewöhnlich stark zieht ihn das Metall nach unten. Mit etwas Schwung beugt er sich über die Elektronik, Modul 3e ist schnell entdeckt.

Susanne wirft sich auf die Knie, kramt den Test aus ihrer Tasche, reißt die Verpackung auf, entfernt die Schutzkappe und hält mit leicht zitternder Hand das Streifenende vorsichtig für ein paar Sekunden in den Urin im Glas.

Hanno greift nach dem Modul und wartet das Ende des Werbeclips ab, dessen Projektionsstrahl er in der Linse sieht, um das ausrangierte Teil möglichst schnell aus der Klickvorrichtung zu entfernen und das fabrikneue Modul in die Halterung zu justieren. Es rastet ein und beginnt zu blinken.

Dann legt sie den Teststift auf den Boden daneben und starrt darauf, wie auf den Timer einer Bombe. Er zählt noch eine Minute.

Der nächste Clip startet. Ruckartig fährt der Gehäusedeckel am Karabiner Hannos Gürtel entlang und zieht ihn nach hinten. Er fasst danach.

Langsam kann sie die Feuchtigkeit den Streifen entlangwandern sehen. Die Magensäure löst ihren Klumpen auf, das Herz fällt in seine Position zurück, hält still.

Alles wiegt so schwer. Sein linkes Bein knickt ein.

Susannes Stirnnebel lichtet sich.

Hanno schwankt, versucht sein Gleichgewicht wiederherzustellen.

Deutlich zeichnen sich zwei rote Markierungen auf dem Teststreifen ab.

Sein Fuß gleitet an der Sprosse ab. Er schreit.

Schwanger.

Er fällt.

Die Projektionsfläche zeigt nun die Kurznachrichten:

Fortschritte in Editionsästhetik: Chinesische Forscher testen erstmals erfolgreich die Entfernung der „Schlupflider-Genkombination" aus dem Erbgut befruchteter Eizellen. Währenddessen verschwinden langsam aus dem animierten Gesicht einer Chinesin die Schlupflider, ihre Augen sehen vergrößert und europäischer aus. *Tausende chinesische Paare haben bereits den hohen Preis für einen Wartelistenplatz bezahlt, um sich unmittelbar nach der Methoden-Zulassung ein Baby des neuen Models editieren zu lassen. Bald also heißt es: Schluss mit den Schlitzaugen!*

Terror News: Tödlicher Anschlag auf Rekord-Vlogger #we are all one. Bret und Lilly Biedermann und ihr einzigartiger, genetisch dunkelhäutig-mitteleuropäischer Säugling One sind in ihrem Haus in Berlin einem Bombenanschlag zum Opfer gefallen. Eine Sequenz aus dem Vlog wird eingeblendet; das junge Paar steht lächelnd vor seinem Haus und hält gemeinsam ihr schwarzes Baby in den Händen. *Ein mit Sprengstoff geladener Kleinbus ist heute Morgen um circa 5:30 Uhr in das Haus gerast und hat große Teile davon verwüstet. Laut Feuerwehr konnten nur noch die Überreste der Familie geborgen werden.* Drohnenaufnahmen des zerstörten Hauses werden gezeigt, Einsatzkräfte umringen den Tatort. *Die Polizei hat noch keinerlei Hinweise auf die Identität oder das Motiv des Täters bekanntgegeben, um die laufenden Ermittlungen nicht zu gefährden. Fest steht: Das unschuldige*

Symbol für eine geeinte Menschheit ist brutalem Terror zum Opfer gefallen. Die Welt ist schockiert.

Finanzmarkt-Wunder: Die Aktie des auf Superfood-Editionen spezialisierten Konzerns EdenFoods hat sich in den letzten Wochen in ihrem Wert vertausendfacht. Das Logo auf dem Firmensitz-Wolkenkratzer wird gezeigt. *Schlagartig ist der Umsatz des Konzerns aufgrund eines großflächigen Nachfragebooms regelrecht explodiert. Innerhalb kürzester Zeit wurden die Produktion rapide hochgefahren und Hunderte neue Roboter und Entwickler eingestellt. Keine Überraschung, schließlich wollen wir alle paradiesisch speisen!* Dazu wird eine Abfolge an unterschiedlichen Essensszenen projiziert: Ein Junge des neuesten Editionsmodells beißt in einen Riegel, ein alter Mann löffelt eine Suppe, ein sich umschlungenes Paar füttert sich gegenseitig mit Curry, ein muskulöser Mittzwanziger mischt sich ein Müsli, eine junge Frau knabbert an einer Selleriestange. *Und: Wie super wird ihr Frühstück heute?*

Mein besonderer Dank gilt
Klara und Christian für ihre Expertise.

Christina Walker

Kleine Schule des Fliegens

Jeden Tag versammeln sich mehr Krähen draußen in der Platane. Bald entdeckt Alexander Höch seltsame Ähnlichkeiten zwischen sich und den Vögeln vor dem Fenster. Soghaft und mit abgründiger Komik erzählt *Kleine Schule des Fliegens* von den realen und surrealen Provokationen des Lebens.

(D) **€ 22,00**
ISBN 978-3-99200-342-6

Claudia Sammer

Wild Card

Zwei Menschen, zufällig aneinandergeraten, treiben durch die ungewohnt menschenleeren Straßen einer Großstadt. Etwas Undenkbares ist passiert, etwas, das sie nicht einordnen können. Wie entkommt man der Paralyse, wenn Terror oder unberechenbare Katastrophen die vermeintliche Sicherheit zerstören, welche Verortung ist möglich?

(D) **€ 20,00**
ISBN 978-3-99200-307-5

Hannah Oppolzer

Verpasst

Zwei Frauen, eine im Schatten der anderen: Beide suchen Halt im Leben, können einander aber keine Stütze sein. *Verpasst* ist ein zeitkritischer Roman über die Mutterrolle und die Fragilität von Lebensentwürfen.

(D) **€ 22,00**

ISBN 978-3-99200-346-4

Isabella Feimer

Frieda

Zwei junge Frauen wagen nach Ende des Zweiten Weltkrieges den Ausbruch aus einer Gesellschaft, die geprägt ist von patriarchaler Ordnung, Traditionsbewusstsein und Verzicht. Isabella Feimer entspinnt ein poetisches Spiel mit Raum und Zeit, zwischen Sehnsucht, Wunscherfüllung und bitterer Lebensrealität.

(D) **€ 22,00**

ISBN 978-3-99200-334-1

Bibliografische Information der Deutschen Nationalbibliothek
Die Deutsche Nationalbibliothek verzeichnet diese Publikation in der Deutschen Nationalbibliografie; detaillierte bibliografische Daten sind im Internet über http://dnb.d-nb.de abrufbar.

1. Auflage 2023

Servitengasse 5, A-1090 Wien
www.braumueller.at

Coverfoto: AdobeStock / © Tatiana Shepeleva
Druck: EuroPB, Dělostřelecká 344, CZ 261 01 Příbram
ISBN 978-3-99200-352-5